Lóng是阮leh烏白想

杜信龍 Tō͘ Sìn-liông —— 著

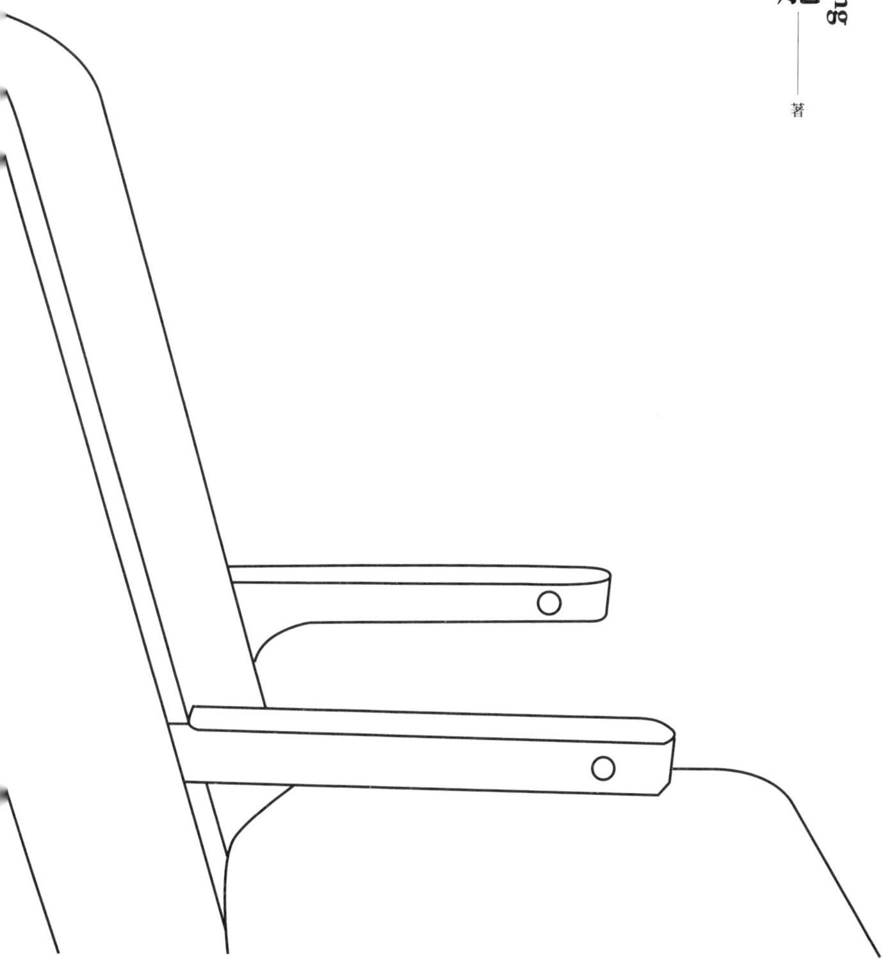

寫 hō͘ 土地 ê 話——
做一个自信、勇敢 ê 台灣人

獻 hō͘ 阮老爸、老母
Kap 目前開始 leh 學字 ê 兩个囡仔

感謝一路 sio-thīn ê 有志
Koh 有 hō͘ 家己 koh 一擺機會 ê 家己

目錄

輯一 來去旅行

輯二 Lóng是阮leh烏白想

輯三 花草情

推薦序

Jia̍t-chêng kap Hùn-tàu

Lîm Jū-khái
台灣文學系助理教授、台語詩人、歌仔冊作家

Tha̍k si, bô khin-sang, khoài pō͘ oh kái, te̍k-pia̍t koh tài siá sū ê chek-jīm. Sìn-liông siá si, chek-jīm tài kài tāng, liam-mi *KPI* liam-mi koh beh *OKR*, kah he lâng leh thit-thô sńg ê siá-chok oân-choân bô kāng, só͘-tì, i koh ū chit pún chóng-sò͘ chhiau kèr 169 siú ê si, lán tha̍k i ê si iā ē kám-kak chek-jīm tāng, koh ū sî-kan pek ê hū-tam. Koh ū 1 ê tha̍k si ê lióng-lân só͘-chāi, lán tha̍k 1 siú liáu, ài kah lēng-gōa 1 siú sa^{n}-keh khah hó, tiō sī mài hō͘-siong kan-jiáu, m̄-koh, koh ài tùi kui pún si-chi̍p ū 1 ê chong-koan ê liáu-kái kah khòa^{n}-hoat.

Chit pún si-chi̍p hun-thiah 3 chi̍p, phiau-tôe hō-miâ khòa^{n}-tio̍h khin-khó, bē-su lóng leh thit-thô sńg, tha̍k--lo̍h lí chiah chai, tha̍k chit pún si-chi̍p, kah i phāi^{n} 3, 40 khí-lo͘h khì peh koân soa^{n} sio-siāng chia̍hla̍t thiám-thâu. In-iû chi̍t pún si-chi̍p lāi-bīn, m̄ sī hit khoán ài lāng pit-hoe tián chhùi-súi iah-sī lāng *XX* chú-gī tàu-kap ê mn̂gh-kia^{n}, sī tòe i sim-me̍h thiàu-tōng ê jia̍t-hiat kha-jiah.

Chi̍t hong-bīn thàm-thó i chhin-ba̍k sớ khòa^{n} ê Tâi-oân, Tâi-oân-lâng ê kòe-khì, bī-lâi, chi̍t hong-bīn chhim-chhim koan-chhat i ka-kī ê jîn-sèng té-tì kap chêng-kám ì-tớ. Chit khoán sim-lí cheng-sîn ê chhiau-chhōe thàm-kiù, nā bô sio-siāng keng-le̍k ê lâng tek-khak chin oh thang thé-hōe kiōng-chêng tōng-lí iah tōng-kám. Tio̍h-sn̂g kóng khah *physical*--ê, lán ba̍k-chiu kāng-khoán khòa^{n} ē tio̍h ê hoe-chháu, hī-khang thia^{n} ē tio̍h ê hong chhoe, hơ sia^{n}, siang-kha kāng-khoán ē-tàng kiâ^{n}-ta̍h ê lú-hêng, lán iā chin oh ē ū sio-kāng ê chhim-khek kám-siū kap su-khó. Thiat-ha̍k-ka kóng--ê, lán ka-kī mā bô khó-lêng liâu kèr kâng 1 tiâu khoe. Án-ni-si^{n}, lán beh án-nóa tha̍k chit khoán chok-phín--leh ?

Lán ê kiàn-gī, seng àn lán sớ bat ê mn̂gh tha̍k-khí. Hoe-chháu-chêng ē-sái kóng tio̍h sī lán khah se̍k ê pơ̄-hūn, Sìn-liông siá lán Tâi-oân chū-jiân iah jîn-kang ê kéng-koan lāi-té chia̍p-chia̍p khòa^{n}--tio̍h ê hoe kap chháu. Lán iā chai-iá^{n} si-jîn siá che, m̄ sī chin-chiâ^{n} siá hit ê tùi-siōng, sī leh chioh hoe-chháu siá i ka-kī, chhú-kéng, kám-siū, kám-chêng, su-sióng, lí-sióng chia--ê. Koh, lán thak i siá ê chêng-kám, iā put-sî kám-kak i liân kám-chêng ê tāi-chì to beh khêng-kiù 1 ê sī-hui ơ-peh.

Sớ-í, tē-2 chip lán kiàn-gī Lóng sī gún leh ơ-peh siūⁿ chiap leh thak, gán-kài, sim-heng lóng hùn-khoah--khì, iû-kî chha-put-to chit-pòaⁿ lóng sī i sớ su-khó--ê, si kap si-jîn, iá-koh ū si ê thok-chiá ê būn-tôe. Che ē-tàng hō lán tùi Hoe-chháu-chêng thak--ê lâi tùi-chiàu pí-tùi, lú ē-tàng liáu-kái Sìn-liông sớ beh kóng--ê. Ū tùi gōa hòng-sàng ê lí-liām kap su-khó, iā ū tùi lāi ê giâu-gī kap chhim-su.

Lâi-khì Lú-hêng, èng-kai sī leh ín-chhōa lán chhiau-chhōe lán Tâi-oân kap Tâi-oân-lâng kiōng-beh siau-sit ê bí-hó kòe-khì kap bī-lâi. Sìn-liông ū-iáⁿ ū-kàu jīn-chin koh kut-lat siá, koh-khah lân-tit--ê, i put-sî leh hoán-séng, chū-ngớ iàu-kiû cheng-chìn, chit pún si-chip tak sớ-chāi lóng thang thak-tioh i ê jiat-chêng, i ê hùn-tàu. Hoan-gêng chèng thak-chiá chòe-hóe lâi thak, tòe leh ûn-ûn-á, bián chhiūⁿ góa chiah pek, chhim-jip ka-kī kap Tâi-oân ê lāi-sim.

A-khái 2024-09-17 Tiong-chhiu

推薦序

有時苦澀、有時甘甜

陳慕真
國立成功大學臺灣文學系助理教授

《Lóng是阮leh烏白想》是詩人杜信龍ê第二本詩集，離伊第一本詩集《苦感》出版ê時間無到一冬，真歡喜tī hiah-nī短ê時間就koh ē-sái讀著伊ê詩集，lán thang看著伊用台文寫詩ê拚勢。今年m̄-nā是杜信龍文學收成ê一冬，mā是台語文學界ê好年冬。

Chit本詩集kap《苦感》比--起-來，氣味無hiah苦，色緻無hiah沉重。反tńg呈現出日常ê百種滋味、大自然ê各種色緻。規本詩集分做三輯：「來去旅行」、「Lóng是阮leh烏白想」、「花草情」，總共收 169 首詩。Lán讀chit本詩集，就親像tòe杜信龍ê跤步，chiō^{n}山、落海、坐火車、看天星，kap花草樹欉對話。Lán mā thang透過詩人幼路ê描寫，感受著peh山ê人kha-chiah-phia^n ê重量，欣賞蜘蛛吐絲kī^{n}網ê情境，看著柑仔色ê日頭，聽著海湧ê聲，鼻著雨落tī塗ê氣味。

行ǹg大自然ê書寫kap對人類日常生活ê反思是chit本詩

集ê特色。Lán不時讀著詩人忍受肩胛頭ê重擔、跤頭趺ê痠疼，一心行入山林ê描寫。人類行ǹg山內，透過親近大自然追求真實ê自我。所擺，tī〈空思夢想〉án-ne描寫：「赤iāⁿ-iāⁿ ê日頭beh kā阮ê皮一têng一têng liô--落-來／叫阮kā山跤ê假面目褪--落-來」Tī〈山野情〉mā表現出人回歸山林chhiau揣家己ê心境：「為著beh遠離城市ê罪孽／放sak hit个m̄知影leh無閒啥貨ê家己／空想一隻艋舺慢慢泅ǹg山尾溜／Tī雲海自由bo̍k-bo̍k泅／盤過一嶺koh過一嶺／看是m̄是揣有另外一个我／真真正正ê我」——「真正ê我」tī現代社會無閒度日ê日常當中失落，杜信龍刻畫一般庶民、上班族ê心聲，tī〈健康檢查〉有口語化ná歌詩ê描寫：「我是頭家ê一枝草，伊若是無歡喜就來khau／為著家庭mā是軔命揣出口，相信一日ē來出頭」對應現實生活ê困境kap無奈，〈螺絲〉chit首詩有束結koh精彩ê詩句：「是siáng頭殼ê螺絲絞無ân／Lak tī街路／Beh tu̍h破人ê無tâ-ôa」

對現實生活ê反思掠外，chit本詩集有khah濟杜信龍對「詩」ê體會，表現出詩人對詩ê觀點，對寫詩、讀詩ê見解，投稿、退稿ê日常。有ê詩句藏心適ê khùi口：「半暝寫詩ê時／Soah kā心拍ka-la̍uh／Tī某一chōa ê某一字／我想應該無人ē發現」（〈詩心〉）有ê詩句充滿機智：「寫詩--ê無一定是詩人／讀有--ê chiah是正港ê詩人／In永遠bē tī詩人名單內／無的確／有一工，in ē抗議che不公不義ê現實」

（〈詩人？〉）Iáu-koh有，tī〈巢窟論談〉書寫文友ê對話kap真實世界ê距離，mā有精彩ê描寫。

Chiâ^{n}做台南出身ê詩人，杜信龍ê chit本詩集mā有南方獨有ê景緻kap溫度。〈褪赤跤行tī沙埔〉是一首真súi koh隱含思想ê詩。詩--裡描寫沙埔kap大海中間thia̍p kah koân-koân ê蚵仔棚，che是台南七鯤鯓一帶特殊ê光景，詩人chhōa lán踏tī燒軟ê沙埔，視線看ǹg遠遠ê蚵仔棚，kap家己對話：「跤底tiam-tiam ê感覺kám是輕báng-báng ê chheh-khùi？／蚵仔殼幼仔散掖掖kám是唯一反抗ê干證？」台南海墘ê風景透lām詩ê氣味，siâ^{n}人一再思考。Koh親像〈詩m̄是熱--人ê枝仔冰〉kā台南ê熱--人描寫kah真徹底：「日頭赤iā^n-iā^n，燒kah一首詩寫bē出--來／汗水滴，頭殼mo͘h leh燒／理路ná電線絞，無法度伸勻／無風leh吹，bē秋清，hō͘人無力／ M̄-chiâ^{n}詩句，一字一字bih tī有ńg ê所在／ Am-po͘-chê耳空邊叫靈感趕緊走」台南ê熱--人hō͘詩人ê筆「tio̍h痧」、hō͘詩人「褪腹theh降服」，mā hō͘ lán讀著ē流汗，感受著南方熱--人ê溫度。

讀chit本詩集，hō͘人tòe leh烏白想，liam-pi^n tī罩bông ê山路，liam-pi^n tī起風ê海墘，有時擔現實生活ê重擔，有時tam人生路途ê甘甜。Chiâ^{n}做氣味kap色水飽tī^n ê一本詩集，杜信龍ê詩路ùi《苦感》ê苦澀hā^{n}到日常生活ê百種滋味，起造台語詩豐富siâ^n--人ê景緻。

踏話頭

一步一步行，m̄-thang停！

杜信龍

真歡喜有機緣thang koh出冊，mā真替家己ê「無知」感覺不可思議。Sio連sòa beh出冊，che m̄是阮才情。Che lóng是過去ê粒積，阮無愛去思考內容到底有文學--無，到底出冊有啥koh-khah koân層次ê意義，iah是市場等等。Che有影to m̄是作者ài ta^{n}--ê。

Tiȯh，時代leh變。Beh出冊人tiȯh-ài tàu放送、行銷。求生存掠外，mā替共同運命ê出版業努力。Tī台語出版tng時行ê時代，che是必要--ê。母語運動已經m̄-nā是kan-na為母語niā-niā。Tī che過程內無形中，阮接觸著百百款chiâ^{n}做一个人需要ê養分，hō͘阮tī人生ê過程koh-khah豐富。

真感謝前衛出版社社長、清鴻主編kap所有ê後勤人員。出冊對一个業餘、m̄-chiâ^{n}半桶師ê寫作者來講是一个夢，何況是阮心目中ê出版社tàu出--ê。十冬前，阮m̄ bat想--過，ta^{n}，講是機緣mā tiȯh。阮，kan-na ē-sái選擇去完成，m̄-

thang抽退。

頭兩本冊有影是刁工先出--ê。Hit時，阮驚民進黨總統選輸，驚以後母語路koh再hông斬斷，言論bē koh有自由。阮決定選一寡政治kap歷史ê作品去申請國藝會出冊，暗想che算是阮對che社會ê交待kap ǹg望，mā算是阮自我ê社會運動。社會運動真oh像khang-khòe場leh算*KPI*（*Key Performance Indicators*），若beh看*OKR*（*Objective Key Result*）iáu ē-sái。冊有出、出版社無了錢、身邊台語箍仔朋友有人讀、有電子通路，hō͘ koh-khah濟人知影hia-ê政治佬仔、koh-khah理解che土地ê代誌等等，che應該算是上低ê要求--ah--hoⁿh。

阮m̄是lóng ài寫政治、寫苦情ê mih件。有影。

是阮ê才情有限--lah。Che若khah專業--ê，寫che怎ē khai hiah濟時間--leh？Mài講khai khang-khòe、厝內掠外ê時間，ài知寫che心肝頭ài受bē濟心肝頭ê拖磨kap對時代無理解ê質疑。

Tio̍h，一步一步行。路，chiah ē久長；人，chiah ē愈來愈giám硬。

話，講tńg來chit本冊。Chit本冊是ùi 2014 年到 2023 年所寫ê詩內底khioh做一本。Che冊拆分做三輯，內容無政治ê奸巧，無歷史ê苦chhheh，kan-na是阮個人出外時ê心情、平素時ê空思kap gōng想，koh有一寡對花草ê話語。寫類似內容ê詩集市面應該是bē少--lah。親像針對花草ê詩集，阮知藍淑貞、黃徙、王羅蜜多kap陳胤lóng bat寫--過。Che m̄-chiah阮講家己是無知kap gōng膽、厚面皮。

論真講，若是問阮kap頂一本詩集比，佗一本阮khah kah意讀？阮ē講是chit本。輕輕鬆鬆、無壓力koh tài有一寡生活ê趣味kap心適。

阮有幾擺機緣hō͘為文老師、金花老師牽教，去成大分張阮ê寫作。阮一開始mā chiok躊躇kám beh接che事工，落尾，mā是一種「臣服」ê心態去迎接。M̄是ài刁工kō͘宗教ê意涵來講che出冊、寫作ê過程。總--是，éng-éng行到代誌某坎站ê時，越頭看chiah知家己已經有行「一塊仔」路--ah。Che路，終點是家己決定--ê。Beh停--落-來，iah是繼續，lóng在你。

阮直直講「機緣」，是chit項事工對人生ê解讀，he是kap「使命」差大碼。阮想無激情ê話語，有時chiah是滿滿ê情素，án-ne顛倒ē-sái恬恬一步一步去完成阮想beh做ê代誌。

無仝款ê詩集ná換一張面腔，che m̄是阮刁意故，是阮心思mā有烏白想ê時。阮mā有che機緣，繼續kā chit條台語路一步一步行，繼續行--落-去。

2024-6-23

輯一

來去
旅行

旅行地圖

地圖thí--開
好好仔kā我上地理課！
Lán ê城市
你去過幾个地頭？
內底有啥mih故事？
Lán ê溪河
你kám有去揣in ê源頭？
內底有你細漢時ê記持--無？
Hia-ê koân山
內底你去過幾个所在？
Kám bat tī春夏秋冬四季去hia行踏？
Hia-ê族群
內底你有偌濟朋友？
你kám有法度用in ê話
Kap in ǎi-sat-chuh ？

地圖thí--開
好好仔教家己認bat故鄉

Chia m̄ 是旅社，hơ-thé-luh

Thí開地圖
開始走揣生份ê所在
一步一步行踏
Kā跤跡留--落-來
完成一張家己ê性命地圖

地圖thí--開
回鄉起行

旅行者

紛亂ê時間kap空間
Hō͘人頭眩目暗
Tī世界各國走跳ê旅行者
按怎理解旅行ê意義
Koh有心內ê地圖是m̄是來錯亂
Iah是用殖民者ê心態
行踏任何一个生份ê所在
Beh kā收起來做家己ê地頭
我想旅行者是leh刺激故鄉ê滋味
愈遠愈芳
我koh想
伊kám有法度
完成伊ê旅行tńg--去
伊ê歸屬
Koh免驚拍無--去
記持若有一工
Ná來ná重
是beh按怎來選擇

放sak旅程？ Iah是放sak記持？
Tńg來故鄉iah是繼續完成？
旅行者心內的確無法度回答
因為lán lóng是城市ê旅行者
Tiā^{n}-tiā^{n}揣無tńg--去ê路

◆ 註：我mā beh變成荷蘭ê旅客--ah，想想--leh，lán tī-一般生活當中，iah是讀冊lóng是旅行者。2016/9/16

城市 bāng

半暝 sa-bui-sa-bui ê 雙目猶原 m̄ 甘歇睏
Thoah 開記持 ê 屜仔內底滿滿 ê 相思
陷眠 ê 腦
Koh leh 搬一齣 koh 一齣 ê 戲局
過去 hō͘ 青春炒熟 ê 文字
漸漸退燒
過去 ná 吸石 ê 意志
漸漸無力
街頭 iăn-jín khȯk-khȯk-chhan
Hit 隻跛跤 ê 烏貓咪 bih tī 胸坎
保護 lán ê 夢
起 chhio ê 街仔路電火閃爍
扭曲光線路
Beh háⁿ lán 淺薄 ê 信仰
沖一泡茶
無味
點一枝薰
無味

激力寫百外chōa ê詩
Hit張紙猶原是白--ê
激情演奏ê曲盤
是一首無mé-lơ-lih ê歌
Kan-ta^n
大聲hiàm-hoah城市無夢也無望

光批

徛 tī 國外街仔路，揣 khah súi ê 光批
平常 lóng 是用 í-mè-luh，一下仔就收 --著
Thài-thó beh chiah 麻煩
He 是滿足啥？
出國 chhit-thô chiah leh 寫光批 --leh
寄 hō͘ 朋友 m̄ 是 leh 思念 --in
好 --lah，心內有淡薄仔掛礙
上致意 --ê 是 kā in 講 tī 國外
外口 ê 月娘有偌大
Kap ǹg 望 in ē-sái 替我歡喜 koh 看見 koh-khah 大 ê 世界
後擺，chiah 同齊出 -- 來
光批後壁 ê 美景是 beh hō͘ in 鼻國外 ê 味
Siâⁿ in ê 心
Hit 張薄薄 ê 郵票有無形 ê 翼股
因為字 ê 重量不止仔重
飛 beh chiâⁿ 禮拜
來到手頭
家己 mā 寫 hō͘ 家己

「Ǹg望koh後一改ê旅行」
頂koân ê印仔寫「有閒chiah-koh來」

母親是山

Beh 4,000 公尺 koân 頂
新高山　揣--你
想講 ē-tàng 看盡你 ê 祕密
想 beh kā 你講肩胛頭 ê 重量
揹 3、40 公斤 ê 思念
Ùi 東埔溫泉一 chōa 路踢--起-來
一步一步 lóng 踏入你心槽
叫母親--啊　我來--ah

你 soah 來 bih--起-來
是 m̄ 是你 teh 受氣
怪阮無 tiāⁿ 來 kā 你看顧
怨嘆　　吐 khùi
無願意 hō͘ 阮看你滄桑 ê 模樣

一入山林，m̄知人間

笑--lah
脫離紛亂ê社會
大聲笑--lah
免聽著ak-chak ê抗爭
笑--lah

Suh大自然ê空氣
Lim冰清ê溪水
柴箍燒leh圍做伙
Khah大聲笑--leh
Che是阮ê仙界
M̄-thang koh笑--落-去
千年樹仔剉了了
山崩--落-去
前人跤跡　已經消失tī谷底
親愛ê朋友　揣無路thang tńg

M̄-thang笑--ah

胡蠅蠓蟲是你帶--來--ê
你是有傳染病ê邪神
水鹿仔ê殺手
烏熊ê生死判官
無良心--ê　你繼續笑--啊

Beh háu？
好--lah，háu khah大聲--leh
用目屎洗tn̄g che受傷ê土地
用雙跤巡邏pit-sûn ê空喙
Háu--lah，mài gêng tī心肝頭

Che是對土地ê認同
Che是對土地ê m̄甘　心疼
Mài koh háu--ah
Koh háu mā無khah-choah

好--lah
Beh笑　beh háu
隨在--你--lah

凡間

落山後
世界顛倒
人思想顛倒
我suh無khùi　胸坎chhi̍t-chhi̍t
驚醒
全街仔路ê人kap車
Lóng死亡àu臭
是夢
行入凡間ê後果
肩頭ê重擔
繼續ta^{n}--起-來
路繼續鋪--落-去
Lán繼續行--落-去
有一日
Tn̄g去山內
祖靈tī hia thèng候lán ê懺悔

行山

Tī 劍竹林內
Nn̄g 來 chn̄g 去
身後 40 公斤 ê 負擔
Siàu 想 āi^{n} 一个少女
頭前愛情 ê 關口
Ài à^{n} 腰
Ài kờ 謙
一步一步行　chiah ē 久長

頭前 koân 崎
Kā 阮舞 kah 親像四跤落地 ê 精牲
Siàu 想征服 hit 个三角點
大聲 hoah「你愛--我--無？」
跋落山跤 ê 溪谷
大聲 hoah「你 tī 佗位？」

啊，三八--啊
Che 不過是一座無人行踏 ê koân 山

何必堅持

一罐五八仔thui--落-去

好落眠

無的確，夢中來sa^n見

◆註：2014/8/10於十粒溪營地。

揣路

講是leh揣厝ê感覺
啥mih是需要--ê
啥mih是ke--ê
免留戀--lah
路途真遠
去揣你心內上需要--ê

揣塗跤ê痕跡
到底是m̄是正確ê方向
凡勢是魔神仔ê創治
考驗
霜冷ê風
沉重ê雨
失溫
Kha-chiah-phiaⁿ ê壓力
跤頭趺ê tiam疼
跤後肚ê痠抽疼
一直問我beh放棄--無？

我
Kám ē tī倒--落-來進前
揣著正確ê方向
厝ê方向

空思夢想

吞日刣月燒雲煙
食山lim溪水suh劍竹

Kan-ta^{n} peh山ê人ē了解
彎彎oat-oat ê路途，創治阮ê雙跤
是家己坐罪--lah
赤iā^{n}-iā^{n} ê日頭beh kā阮ê皮一têng一têng liô--落-來
叫阮kā山跤ê假面目褪--落-來
暗暝時，行過天星橋來揣月娘討餅食
看月娘心內kám有我
雲海流水一港一港直直chhî^{n}--過-來
心內ê熱情，kám有法度將伊化做hu

Kan-ta^{n} peh山ê人ē了解
Têng-têng-tha̍h-tha̍h ê山坪，tín動阮ê心
擪拐仔一步一步，beh將伊掃落腹肚內
水流生狂ê溪谷，beh衝出來替阮止喙ta
To hō͘ ta--lah，mài拍損伊ê好意

Ba̍t-chiuh-chiuh ê劍竹林仔替阮khau洗生鉎ê面容
Tī來到山頂sa^{n}見ê時
Án-ne，chiah bē看著阮疲勞ê模樣

Che，kan-ta^{n} peh山ê人ē了解……

夢

本底入山內beh kā伊koh再挖--出-來
看hō斟酌
拭hō清氣
是m̄是有塗石來am-khàm
Kā伊砛kah無法度喘khùi

阮soah來揣無路
我已經bē記得伊ê所在
伊是m̄是家己飛走
怨嘆我ê無情
放sak伊一人孤獨

我ê夢想
雙跤已經行bē tín動
無力ku tī山壁邊
Beh kā所有ê白頭毛lóng chhoah--落-來
捆做一枝箭
Chhȧk入我ê心臟

原鄉

揹一跤thiàn-tờ
來去流浪
Koh再tńg來看伊ê面容
滲tâm臭酸ê雙跤
Kám講是對阮ê處罰
Siàu想有人ē-sái煮一鼎烏糖茶
溫暖阮ê胃
點一枝薰hō空虛ê肺部淡薄仔熱情
山泉冰水洗去阮自私利益ê思考
霜風送走阮狂亂不受教ê心
阮變做一个謙卑ê查埔囝
Phih-phih-chhoah ê雙手
攑peh山拐仔一步一步插落伊ê kha-chiah
刻寫對伊ê思念
阮ê原鄉
阮ê koân山
母親，*Formosa*

◆ 註：thiàn-tờ，(HG) 帳篷。

蜘蛛人

偷偷仔bih tī樹葉仔後
看你無閒chông來chông去
骨力吐絲
到底是為著正義
Iah是家己ê腹肚
Bȧt-bȧt-bȧt ê八卦網chiâ^{n}韌
每一分每一寸有你ê意志
四、五隻菁仔欉死無tè走
其中kám有tú-chiah suh我ê血ê hit隻蠓仔
捲--啊捲，紡--啊紡，將in好好仔包--起-來
凡勢你beh叫我tàu-sa^{n}-kāng將in烘烘--leh

吐出金閃ê鋼絲
Kiōng-kiōng beh將阮ê心拖--leh
腦海空思夢想電影ê劇本
拜託，ùi頷頸咬--一-喙
明仔後，是m̄是變成peh壁走跳ê蜘蛛人
有千里眼，順風耳

將世間無公平ê怨氣攪攪--leh化做烏絲
將sńg-tn̄g政治，放sak人民ê貪官縛tī自由大埕
將hia-ê飼niáu鼠咬布袋，手khiau屈出ê政客捆捆--leh
tàn入太平洋海溝

啊，看kah癡迷，看kah人soah起thian-thȯh
你所有意志全全放hō͘ eng暗ê暗頓
Tiȯh--lah，腹肚皮khah重要
Tī chit張八卦網範圍內
Lán田無交，水無流⋯⋯

北斗星

Tī烏暗ê夜
Z字形ê山路sėh kah m̄知影人
一山過一山
倚靠北斗星來指引tńg來厝
M̄敢去想路途是偌遠
Ē傷害kiōng-beh無法度喘khùi ê意志
Ta燒ê嚨喉，thèⁿ腿ê雙跤，每一肢chéng頭仔ê抽疼
跤底皮無一塊完全
紅kì-kì ê肉ná拄hō͘燒燙ê柴火烘--過仝款
阮m̄敢來hoah聲，mā hoah bē出聲
Che一屑屑仔ê疼算啥mih
Kap你kiōng-kiōng beh消失ê性命比
北斗星--啊
請你指引
Tńg來厝ê心情，你知影--無

◆ 註：寫peh山ê前輩小祺分享in過去ê血淚經驗。Kap前輩阿諾tiāⁿ-tiāⁿ講過去伊救難ê經驗。

火燒ê暗暝之一

透早精神，可能iáu leh陷眠
Chit个所在m̄ bat看--過，chiâⁿ生份
壓迫ê空間hō͘人不安，驚惶

Chit个所在，日頭khah熱情，bē輸驚阮寒--著
Àu臭ê空氣，iā有伊ê溫度
有死亡ê味，chǹg入腦神經，bē輸tī地獄
揣無出口逃脫
大聲叫，che一定是夢

Chit个所在規矩有khah濟
規矩是在in hoah--ê
若是無聽話，一頓粗飽就隨來
叫阮愛認份，聽in安排
講阮ê心理思想kap in無仝，ài來重新改造
中華民國tī台灣，台灣是中華民國ê地名……
親像乞食soah來趕廟公，按怎講lóng bē通
Kám是夢中leh陷眠，夢為何hiah-nī深

主事者有影粗殘
強逼阮摃硓砧石，打造家己ê籠仔
束縛自由ê靈魂，硩斷阮ê翼股

海波浪親像送來母親ê思念
一湧 chhî^{n} 過一湧
飛鳥是m̄是ē-tàng了解，無顧千里，替阮傳話
大力摃tī硓砧石頂，親像阮對厝內某囝ê心疼
一聲一聲，chha̍k入心槽
我tī字批偷藏有鹹度ê目屎
Kám有法度走私過海hō͘--你
Che kám是一場惡夢

火燒ê影

跤肚愈來愈tēng
Kám chih載ē tiâu
心中拍算頭前路途
喙舌ta-khok-khok
嚨喉鐘仔beh死tōng-hài^{n}

雙手有賭寡力頭
Khah大力--寡，雙跤ē hoa̍h khah遠--一-屑-屑-仔
大力舞動，雖bóng是沉重

影　一chōa路陪伴
無講一句放棄
恬恬感受阮ê痛苦kap躊躇
不管我走去佗⋯⋯

Ùi拄天光，透中晝到下晡
伊圍身邊se̍h一輾
伊雙跤kap阮雙跤黏tiâu--leh

M̄願放sak阮離開

阮有啥資格放sak--伊……

Chiō^{n}山

應該是chiō^{n}山ê時--ah
一个人旅行
Kā鬱卒放--leh
揹久長ê思念
陪伴你ê孤單
趕走一沿一沿來戲弄ê bông霧
Lán好好仔lim--一-杯
了後
輕聲kā你講暗安

Koh行--lah

Koh行--lah
跤頭趺m̄聽喙？
肩胛頭ê重量beh kā龍骨硩歪--去--ah是--m̄？
Lán定著是一步一步koh行--落-去

Tī chit个闊bóng-bóng ê山脈
Têng-têng-tha̍h-tha̍h盤來盤去
水鹿仔bih tī看無ê所在leh探--lán
Kám leh偷笑？
Tī山崁烏白亂chông ê聲嗽是siáng--ê？

Koh行--lah
M̄-thang hō水鹿仔兄笑
揹仔內底上濟虛華
身軀頂跤枷手鐐iáu m̄願tháu放
Hit粒重hoâi^{n}-hoâi^{n} ê心
硩kah虛lè-lè
無夠自由

Beh按怎行--落-去

Tī城市染--著ê孤單kap臭iāng
Hō͘山--裡ê風
山--裡ê溪流沖散
Hām心內ê ak-chak洗hō͘清氣

Tī出來進前
Koh看māi揹仔內kap身軀頂
Kā束縛放--落-來

未來ê路
Chiah ē行khah遠--leh

山野情

為著beh遠離城市ê罪孽
放sak hit个m̄知影leh無閒啥貨ê家己
空想一隻艋舺慢慢泅ǹg山尾溜
Tī雲海自由bo̍k-bo̍k泅
盤過一嶺koh過一嶺
看是m̄是揣有另外一个我
真真正正ê我
無戴siáu鬼仔殼ê我
用虔誠ê聲嗽對天地講話
用樸實ê行動一步一步行
免用怨妒ê目色看hiah恬靜ê一切

我看chǔ-chû ê杜鵑ná leh想代誌
無定著in鼻著我身軀頂ê臭hiàn
Kā我lāng-gê
Siáng知原底堅凍ê意志開始熔
Koh hiau-hēng ê風chǹg入手ńg空leh使弄lán ê驚惶
日頭koh不時leh kap我bih-sio揣

Kha-chiah-phia^{n} ê負擔是按怎無koh減--寡
人生ê旅行到底ài流偌濟汗

暗時三更起行是beh趕看日頭浮chiō^{n}山頭
有人講tī bâ霧光koh-khah硬心ê人mā ē流目屎
燒lō ê溫度hō͘人bē感覺孤單
總--是
愛睏ê星光m̄願chhōa路
我ná讀風tī白樹林留--落-來ê線索
Jû亂koh pih-chah ê石khiat仔mā leh唸伊ê古
我恬恬聽，恬恬chhiau揣

Mài問我kám有到hia
He koh是一種名利ê偏名
我ē-tàng kā你講--ê是
我已經kā思念ê jiâu痕刻tī我ê雙跤

◆ 註：chǔ-chû有其他音sủh-sủh，另見chû-chû（1976年《Maryknoll台英辭典》）。

落雨

落雨--ah
有法度洗一時ê lah-sap
Soah無才調洗khah鉎ê心肝窟仔
雨m̄是天公伯ê原諒
He是弱勢者ê血
失去色彩　失去溫度
安搭囡仔ê未來
暫時
延chhiâⁿ絕望

落雨--ah
有法度拭一時ê a-cha
Soah無才調拭染烏ê靈魂
雨m̄是天公伯ê捨sì
He是弱勢者ê目屎
淡薄仔酸　淡薄仔chhák
點醒lán ê將來
暫且

延遲失志

大力leh沖　拚勢leh洗
重新擦koh再拭
輪迴
一直到天公伯厭siān che無聊ê
戲齣
將in ê嚨喉鐘仔淹--死

房間內ê旅行

房間內
塗跤sì-kè lóng是冊
讀kah規堆
腹肚iau喙ta
一字一字哺
一字一字suh
透早到日頭落海
免款三頓

冊桌頭前有一種無形ê力量
吸引$hò^{n}$玄ê心理
Chhiau揣線索
過去，現在，未來性命牽連

為伊
為in
為你
為lín

為阮
為lán
為某mí人
一字一字thuh
一chōa一chōa刻
寫一个故事
Lán土地ê故事
我tiâu tī椅仔頂　心soah leh旅行

鎖匙khian仔

厝ê鎖匙三枝
機車ê鎖匙兩枝
汽車ê鎖匙兩枝
Koh有兩粒「搖控（iâu-khòng）」
一大kōa^{n}
驚phàng見
驚拍ka-la̍uh
Lóng總lóng總結結做伙

一粒心無閒chhih-chhih
Hia té 30 pha ê心思
Chia园 30 pha ê心思
Koh 40 pha分散tī南北東西sì-kè
M̄知佗一位
揣bē tn̍g--來

鎖匙khian仔ê束縛
Kan-ta^{n}一改開一个門

是講一个時間
Mā是kan-ta^n ē-sái tī一个所在
心情kám ē無仝？
若是án-ne
莫怪bē-sái結tī鎖匙khian仔

心kám鎖ē tiâu？
Siáng來鎖--ê？
鎖匙tī佗位？

Lim咖啡，茶米茶iah是白滾水

咖啡好bái是一个人心理ê反射
價siàu koân低kám有差？
Beh加糖，偌濟糖？
Beh加牛奶--無？
原味--ê
Lā-thé
Kha-phú-chhí-nơh
Koh有人tī頂koân畫圖giú出一蕊花！
Mê-mê角角
阮無法度看破手路
Lim bē出走味
是講伊ê芳kap苦有tang時ē-sái治療安搭人受傷ê心
無，阮iáu是愛lim白chiá^{n}無味ê白滾水

茶米茶按怎泡
日本人聽講上計較
色水深淺看來平素
Soah是hō阮chhiau揣著阿爸泡--ê

Hit味入喙ê甘
囡仔時ê記持
不而過，阮ê記持愈沖愈薄
走味--去--ah

Lim咖啡，茶米茶iah是白滾水
徛tī超商冰箱頭前躊躇
想起冊包內hit罐白滾水

食肉燥飯就好--ah ！

我求好好仔食一頓飯
Soah ùi 期待生恨
舞 kah hiah 複雜是 beh khioh 偌濟記持
總--是，配角 ê 配角 ê 我就愛恬恬食飯
「Mài 吵」

音樂放送親像舞廳
招 beh 跳 tí-su-khờ（*Disco*）、thàn-kờ（*Tango*）
在主角 ê 劇本支配
破嚨喉 ê là-pà 催盡磅
Ta^{n} 配角 ê 配角 ê 我聽見伊 ê 哀悲
為著 beh 滿足你 ê 虛華
Soah hō 配角 ê 配角 ê 我聽 siān hiah 甜 but-but ê 過往
Kiōng-beh 滾湧 péng 船 ê 胃
Bē 輸衝到喙邊
無法度 tháu 放 chiâ^{n} 做配角 ê 配角 ê 無奈
主人家 ê 你用 kâm 滷卵 ê khùi 口
使目尾大聲講「mài 吵」

全桌拄滿十個月ê囡仔mā àn-nāi bē tiâu
做配角ê大人面頭kat-kat顧食
「Sa-sí-mih無夠chhiⁿ-chhioh
Hit个湯kā我包--起-來」
He是鮑魚魚翅雞湯，m̄-koh我bē赴khat
辦桌請人客bē輸一齣好笑ê電影畫面
灶神試食評等？
Sòa--落-來，有食koh有thang看！
服裝表演、愛情宣言公告！

主角配角立場無仝
主角通常kan-taⁿ做一改
免掛意配角ê想法
做配角ê配角ê我腹肚leh拍鼓宣戰
Kan-taⁿ求好好仔食一頓飯
包菜尾ê大人kap in某講
「隔壁肉燥飯chiâⁿ有名」

落

落
雨直直落
Khah 文 ê 人
講是天 leh 傷心流目屎
Hngh，kám bē-sái 歡喜流目屎
是 siáng koh 假 gâu 大主大意臆人 ê 心理

用文學虛情激 siáng ê 情緒
Koh sńg 弄 siáng ê 意識
準講是 án-ne，mā 流入水溝大海 tháu 放
流水無情 soah 顛倒 hō͘ 文人額頭頂頓一粒刻有「重感情」ê 字模

流？
He 是加添聽--者心肝頭 ê 激嘹
一步一步偷偷仔踏入心槽
將時間、空間 giú hō͘ 長
若是「落」，he 是一目 nih ê 代

Bē赴走閃，無一點點仔a-só͘-bih kan-ta^{n}絕望
目睭金金看雨箭一枝一枝插tī身軀

家己笑笑
可能lán無讀過文學ê人無才調解破
Giâu疑雨水是天ê喙瀾

吐舌ùi面tam--一-下
講是ē-sái做文學ê pān
分bē清「落」kap「流」ê情siáng khah厚

過中晝ê一chūn西北雨

大地ê和弦chhǹg入去心肝
Beh落就摭在伊落
世事按怎無張持
老榕猶原在在lián喙鬚

異鄉ê雨

Khah冷　khah冰
Mā kā想厝ê心鎖tiâu-tiâu
結做霜
Hō故鄉bē走味
顛倒愈hip愈厚

渡鳥

M̄是貪戀流浪
M̄是中自由ê毒
Siàu飛ê koân度
興（hèng）高速ê樂暢
是揣無厝ê所在
看無方向
Kan-ta^{n} sì-kè走chông
一个所在
Thang好
安渡
安园家己ê心

大海

風送來你目屎滴落大海ê聲
耳空that--起-來
M̄願koh聽起你ê哀怨
風　為何hiah酷刑
我問風
你kám是m̄甘大海吞日頭
將你ê ǹg望sak落烏暗

◆ 後記：想起一擺心情無好，倒tī海沙埔，soah睏--去，hō警察叫--起-來。大海一向是我哀苦吐氣ê對象。

戀戀大海

問你beh走揣啥mih
你無聲無句　phì-siò^{n}阮ê無知
你有個性有主張
無kah意人纏tòe--你
失散
你ê跤跡
我ê方向
無你bē-sái
頭前大海茫茫
Kám講你也失去主張
海岸ê硓砧石遺傳你ê個性
拍死無退
你ài知影我ē心疼
你猶原放hō͘大海消滅阮唯一ê倚靠

桐花雪

五月雪，落桐花
鋪規山路接人客
老大人無閒挽蕨貓加菜
少年仔無閒kā一幅koh一幅ê景緻摛--落-來
驚，桐花熔--去

雨聲

雨水聲聲滴
Bē輸創作一首詩
作穡人歡喜
落塗氣味真好鼻

落雨

無雨傘　無雨衣
Kan-ta^{n} ē-sái tī 亭仔跤 bih
無張持發現
雨 ê 味有摻你寫 ê 詩
一滴一滴譜我 ê 相思曲
原來雨水 hiah-nī 冰
親像你最後 ê 笑容
繼續臆　心肝窟仔無疑悟滿--出-來

Khau

風雨直直khau
Beh khau啥mih人
面戴siáu鬼仔殼
有一粒散赤靈魂ê人
風雨直直khau……

螺絲

是siáng頭殼ê螺絲絞無ân
Lak tī街路
Beh tu̍h破人ê無tâ-ôa

刺疫

目睭hō͘日頭煮熟，思念變霧霧
記持tī過晝就開始愛睏
Pín仔骨ê空喙開始tiuh-tiuh疼
疼kah流目屎，目屎kā思念沃tâm
M̄信，去問每一chūn雨lóng無愛日頭ê
刺疫，兇狂ê愛

6 點 47 分保安 ǹg 南

6 點 47 分 ê 火車 moa 一領古錐 ê 新衫
透早拄落 ê 雨橫霸霸 kā 沃 tâm
日頭貧惰 iah 是 hō 烏雲拖 tiâu--leh
一个查某學生囡仔 ê 笑容烘 ta
Àu 鬱 ê 溼氣，我 ê 焦 cho 歹勢 kah bih--起-來
想著昨暝家己 ê 目屎 tī 11 點 59 分津--落-來

Eng-ia

Eng-ia排做一排
Tī思念ê空間計算寂寞
無人致意ê哀疼

一chōa光飛--入-來
看著伊不安ê翼股
順螺仔形直直pháng
占領窗仔門
Mā占領我ê靈魂

光沓沓仔暗--落-來
心肝頭沙沙想beh大聲háu
Eng-ia一粒一粒淹tīⁿ我ê嚨喉

南方落雪

設使雪，就無聲無soeh融--去
Kám ē tńg--來？
Lán無閒that-tīⁿ逐工ê空縫
刁工訓練家己ê心智符合
資本社會ê上低要求
任何攪亂心海ê情景徙去暗醬ê角勢
Ē-sái m̄相信南方ē落雪
Ē-sái m̄相信鋒面ē送來生冷ê水氣
上無相信lán ê承諾kan-taⁿ欠缺一絲絲仔光
Se̍h-lin-long ê日子偷bē走想像
雪，kan-taⁿ是等待季節破解上帝ê密碼
就算烏暗是審判ê一種形式
Mā m̄免認同利劍劍ê言語並無符合
文學ê修辭
凡勢kā伊種tī日記
後回，重新讀起
伊ē變一場雪
堅凍你ê心肝

Kā時間擋--落-來
放軟家己對現實ê屈服
Chit時設使落雪，kám koh ē驚惶等待
是gōng人ê監牢？

記持迷宮

假使記持bē過期，kám ē-sái燒掉？
Ē-sái逃亡？
Án-ne我就ē-sái擛一枝傘
隔開目屎ê洗tn̄g

是m̄是鎖tī心肝頭ê迷宮
就永遠行bē出--來
看著khah好ê未來

頭擔--起-來目睭金金看冷氣團偷偷仔
倚--來。Beh走出你守備ê範圍
Khah免沃tâm
Khah免tī tak纏輪迴，phàng見家己ê名字
牢tī分bē清東西南北ê思念
撥bē開ê生冷ê鬼影
連日頭mā放棄n̂g望
Ài我一直到學ē-hiáu kā夢鉸碎

假使明仔載ê頭條
有我phàng見ê消息
M̄-thang來sio揣
Hit時凡勢月娘伴我盤過牆仔
跳去某一个目屎窟
Tī hia，有鎖匙自由出入
落ê雨是ē-tàng預測--ê
記持ē-sái隨時封存iah是刣掉
雨mā bē koh直直沃tī我身軀

攬免錢--ê（*Free Hug*）

M̄是愛情、親情
是人ê友情
你我免熟sāi
用目神kap笑容
講chit个世界ê súi

無落雨ê日子

Tī起霧ê窗仔kā你ê名字寫顛倒péng
向世界宣告bē赴kā你講ê話
Soah chhiau揣bē著ha̍h軀ê字句
記念你ê美麗

Bat tī空虛ê軟晡為你唸一首詩
模仿假純情ê詩人
埋伏激人目屎ê韻跤
你soah講文學kan-taⁿ是gōng kah bē pê癢ê人ê khiàn-sńg
接sòa替我校正m̄-tio̍h ê筆誤
斟酌bē去tín動著我破碎ê心肝

我想，外口ê雨thang替人散鬱解愁
你bat講「好佳哉，tī夢--裡免紮傘」
我soah想bē起lán做伙做ê夢

我beh如何深探已經khàm一têng厚厚eng-ia ê記持
無落雨ê日子

Beh按怎bē去想著你

Hit日透暝我péng愛情ê文法冊
有人soah講chín無人leh致意
Koh聽人講pha荒ê語詞上kài hông看bē chiō^{n}目
落尾，我決定編一个故事延續lán無萬數ê未來
Tī失眠ê暗暝窗仔外雨聲thàng心肝
Chiah發現時間chhńg食lán ê青春

原子世界

孤一人徛tī海墘深思
造物者ê旨意
世間萬般眾生物kap所有一切
揣無鬥搭ê斗秤尺測度（chhek-to̍k）
Kan-ta^{n} ǹg望靈魂thang脫走離時間ê監牢束縛
浮飄siàu想揣著人生ê方向
Lán tī未來kám無thang徛起ê位所？
偷偷仔tī無人看顧ê角勢起程
甘願半醒半精神行ǹg茫茫渺渺ê夢
Tī天烏時擇頭看天星
Ǹg望有一粒落屎星引chhōa
Siàu想一个仔一个仔看破世間理路
Tī時間開始倒踏ê時
我kám m̄是宇宙內ê一粒原子
我家己起造家己ê監牢

透早祈禱文

請你應答我ê祈禱
我ê心無自在
恩典按怎來無--去

請你堅固我ê意志
保守我ê khùi力
剿滅舊老ê慣勢
勉勵我對計劃（kè-e̍k）ê代誌無延chhiân
請你看顧--我
恩典koh再現

我願意接受試驗
雖bóng
我tī半路ē躊躇koh歇跤
粒積愈來愈濟ê ǹg望
無thang消tháu
頭前ê路是坎坷
不而過，我無違背lán ê約

我學ē-hiáu計算家己ê日子
Thang做上sù-sī ê鋪排

請你無hō͘我摔落情緒ê深坑
請你審判hia-ê壓迫你所保守ê人
伸手giú--我
仰望你ê救恩
還lán一phiàn公義ê地
我心內堅定相信知恩典chiâu備ê一工定著臨到

我是一粒堅凍ê露水

我是一粒堅凍ê露水
Kah意bâ霧光來ê時，tī葉仔頂跳oa-lú-chuh
無張無持消失
消失tī無人致意ê春天

我是一粒堅凍ê露水
Kah意tī無人看顧ê雜草phō
恬恬治療in kiōng-beh臭火ta ê ǹg望
恬恬等待in開花

我是一粒堅凍ê露水
Ǹg望土地ē-tàng感受我ê重聲
親像為你流ê目屎
Bē無聲無soeh phàng見

我是一粒堅凍ê露水
Mā有存在ê意義
Ǹg望你知影

因為我信祢ē得過

因為我信祢ē得過
我chiah有力量計劃（kè-ėk）
完成我ê夢
我m̄願虛度日子
M̄願反背家己ê ǹg望

我知有時我大心khùi
求了sio^{n}濟，做了sio^{n}少
He驕傲ê聲嗽koh m̄願變調
落尾，無結子ê熱情hō͘我流血流滴
祢hō͘我tī長lò-lò ê暗暝
Hō͘我無話thang應

因為我信祢ē得過
Hō͘我無想beh chiâ^{n}做現實ê奴隸
Mā知夢想kap現實ê隔界m̄是一條直路
Hit條路是我孤一人ê路
祢tī某mí所在引chhōa

因為我信祢ē得過
Tī 祢面頭前我無想 beh 妝 thā^{n} 我ê悲傷
Tī 祢面頭前我 chiah 停止怨嘆、怨妒
請祢 chhiâ^{n} 養 kiōng-beh 夭壽死ê意志
因為我信祢ē得過

路--裡
草埔 hông khau 了了ê花草
Kám 有法度加添 lán 人對死亡ê認 bat
看清時間加速ê影跡
Ta-lian 樹仔最後ê影 iáu-koh beh 展現 in 寂寞
Kap 孤獨ê心思
暗--ah，天色一睏頭仔恬靜
我繼續行，因為我信祢ē得過

我定著 beh kā 你講 iáu 未記得講ê話 chiâ^{n} 做逐工早起ê暗唸
我定著 ài kā ài 做 koh iáu 未做ê夢
Chiâ^{n} 做我活--過ê干證
因為我信祢ē得過

褪赤跤行tī沙埔

褪赤跤行tī沙埔
視線hō͘遠遠看無盡尾拆--落-來ê蚵仔棚chhåh--落-來
Thia̍p kah koân-koân ê蚵仔棚tī沙埔kap大海chiâ^{n}做一堵牆
我沓沓仔行倚
Chhiau揣記持內大海ê聲
5--月，ká^{n}-ná有淡薄仔寂寞？
Ta^{n}，寂寞掠外koh加添一寡無ta-ôa koh冷靜ê面腔
無，憂愁khah大面！
跤底tiam-tiam ê感覺kám是輕báng-báng ê chheh-khùi？
蚵仔殼幼仔散掖掖kám是唯一反抗ê干證？
Hì^{n}-sak ê蚵仔棚kap bē àu bē臭ê chhó侵門踏戶chhn̄g食
你ê笑容

褪赤跤行tī沙埔
深探我記持內你ê溫柔
感受湧勢
Soah tak著你一湧koh一湧ê咒死lé罵
一枝一枝馬鞍藤新í^{n}掠我金金siòng

看我無辜mā感覺愛笑
我假無意無看伊phì-siò^{n} ê雙目
Se̍h過伊繼續行ǹg你
無疑悟，雲直直罩--落-來
沙直直陷--落-去　beh kā我淹--死
耳空邊海風悽慘ê笑聲
是我chiâ^{n}做罪人ê宣判
馬鞍藤目nih生湠擋我申訴ê機會
軟埔ê日頭無聲無soeh看我青sún-sún ê無辜

Hit日，天ká^{n}-ná khah早暗
我刁工褪赤跤行tī沙埔soah無細膩發見
我ê罪名

◆ 註：chhó，(HG) 保麗龍。

我tī火車頂睏過頭

我tī火車頂睏過頭
兇狂狂落車
規个人感覺時間ê重量罩tī肩胛頭
我ē記得是靠窗仔ê位坐
看著玻璃窗內ê家己
Beh靠勢薄hiuh-hiuh ê夢想阻擋現實

月台m̄知佗位來ê一隻烏狗
頷頸伸長長ná kap我仝款等待
精差伊定著m̄是坐過頭
我偷偷仔思考時間線頂koân ê事件kám有法度koh再排列
親像eng-ia tī日頭光走sio-tòe
回tńg過去看見過去
Se̍h過現此時thàng到未來

我tī火車頂睏過頭
He應該是一場夢
Ká^{n}-ná落三暝兩日ê雨

塵霧淹khàm時間走標ê速度
Pha荒ê理想賰無幾兩重
我跤步ká^{n}-ná淡薄仔輕
心肝頭無才調thūn平ê空虛
無疑悟hō風lih開我薄hiuh-hiuh ê信心

我tī火車頂睏過頭
我無落車繼續做夢
夢--裡hit隻狗越頭看我頷頸伸長長等待
雄雄跳起來咬--我
我chiah發現che已經是尾站
手摸目墘ê目屎ná堅凍ê露水hiah-nī冰
Chiah發現理想已經先到站

我tī火車頂睏過頭
查一下仔班表，等待後一班車

時間偷偷仔趖--過

時間偷偷仔趖--過
Pha荒ê日誌tòe風lám-nōa
退色ê筆墨徙來現此時ê空間起躊躇
過去ê家己
滿腹分bē清ê滋味kiōng-beh淹過面頭前ê視線
未來ná近koh ná遠
我是beh按怎hoa̍h過che
Hông制伏ê心智
坐清不時起濁ê giâu疑
照鏡koh是一張癡gâi ê面腔
我m̄願kan-ta^{n}留落來一巡koh一巡ê無ta-ôa
時間趖--過
我恬恬斟酌聽
聽看māi到底beh按怎行

今仔日仝款精彩

Bâ 霧光 hō͘ 黃酸仔雨叫 -- 起 - 來
Chiah 拄停跤 ê 夢隨 hông sak 走
已經慣勢無意識 hiàm 醒頭殼內 ê 計劃
開始今仔日 ê 活命

趕狂、tio̍h 急請 in 徛一邊
先 mài chiō^n 網 chhiau 揣昨 hng ê 你
桌仔頂 ê 紙條仔有幾項線索
Beh hō͘ 今仔日仝款精彩

坐tī咖啡廳外口ê椅仔

我人真厭siān坐tī咖啡廳外口ê椅仔
桌仔园一本掀kah beh爛ê冊
規个人放空無想beh講話mā無人thang講
聽風hù-hù叫
有時聽kah gāng--去
Koh家己khai真大ê khùi力giú--tńg-來
Hia烏白想ê情境是一个美麗ê所在
Hō͘我認bat家己m̄知影ê家己
總--是，心驚惶
是現實生活定著ài am-khàm家己原來ê面模仔
不sám時tio̍h-ài換siáu鬼仔殼？

身軀邊--a ê雞卵花花蕊hō͘風sak--落-來
我khioh兩、三蕊鼻--一-下
斟酌分別對應記持ê甜度
Soah想bē起生活ê滋味是啥款kap ǹg望
Tú-chiah空思ê夢koh tī喙角遺留酸bui仔酸bui ê甜
雄雄人來人去ê跤印仔一步一步踏入我ê心肝

服務生刁工跤步放輕送咖啡過--來
問我beh入--去--無
我一時sa無cháng，無疑悟hō͘伊發見我ê無頭神
無張持hō͘烏雲收--去
落雨--ah，我soah無發現
顛倒tī玻璃窗影著家己，tī服務生ê目睭仁
看見真正ê生活，真正ê家己

我思念hit chūn雨

3--月，開始心cho--起-來
冊房內ê臭phú味kā我ê龍骨晢kah beh彎khiau
纏綿ê春雨
雨水拍落ê花蕊
街仔路兩爿ê斑芝已經kā塗跤鋪一沿一沿柑仔紅ê甜蜜
我思念hit chūn雨
Koh開始落--落-來
行，出去行行--leh好--ah
去外口思考、閱讀
雨水ē kā khàm一沿厚厚eng-ia ê記持洗清
溼氣chhèng-koân面對風kā我chhōa去
Lán做伙寫ê愛情辭典內
Chiah發現，lán lóng無紮傘

3--月，開始心cho--起-來
冊房內hit盒黃酸ê約束m̄知退色偌久
黏tī玻璃窗ê雨珠親像目屎輾--落-來
寫一張批hō--你　寫了chiah想起無你ê住址

是雨聲提醒--我
我思念hit chūn雨
Koh開始落--落-來
雨若lóng tī思念--你ê時落--落-來
循我心肝窟仔流--落-去
行，出去行行--leh好--ah
去外口siàu念、思戀
雨水ē kā燒hip ê相思隔絕
若是氣象預測是真--ê
接sòa--落-來ē落kap lán人生ê第一場雨仝款
是講，我孤一人擽在hō͘淋
浮漂tī淹phóng-phóng ê孤單

無你ê雨季

Che是無雨ê一冬
天頂lân-san ê天星
Hō͘我看清你ê美麗
已經厭siān孤一人講寂寞
空氣ta kah
恬靜ê巷仔尾賰拚勢ê mò͘-tà聲
不sám時試探我ê淺眠

Iáu未hoa ê薰頭提醒hit pha kiōng-beh ta-lian ê路燈
Hit个查埔kō͘半硬軟ê聲嗽leh講手機仔
我soah聽著雨聲tī心內
無人beh替lán ê青春hoah án-khò͘
Beh按怎放bē記得你印tī我心肝頭頂ê笑容
Kap m̄願抽退ê烏青koh有你絕斷ê目神

我póe開記持ê eng-ia
Chhiau揣有偌濟屬於lán ê雨季
Chiah知hit本你遺留ê日記

收集無仝月日ê雨聲
斟酌你ná雨ê性地
M̄願kā lán淫tâm ê àu鬱曝ta
偷偷仔畫一枝小雨傘
真知遮bē tiâu我疼入心ê目屎
Hit个查埔大聲leh háu
一隻烏貓跳來窗仔墘問我哪ē iáu精神
我khȯk-khȯk等雨落--落-來
Tī失眠ê暗暝
想beh kā siáng講暗安

Phá-su-tah ê煮法

我刁工頭殼內繼續練習phá-su-tah ê煮法
準備為後一場愛情料理

薰khok仔té kah滿滿
Hit枝無點ê薰tī chéng頭仔縫tńg來se̍h去
暗想是siáng偷偷仔囥樹葉仔tī內底
Kám是hit年2--月跤兜
你半暝偷看我ê日記時gia̍p--ê？

青春有影是淩遲--人ê過程
目睭kheh--起-來iáu ē記--得
Hit年春夏秋冬每一季
He原來是思念iáu未斷khùi！
Iáu tī耳空邊空pháng
熱天ê時若吹南風
Iáu ē鼻著你遺留--落-來ê芳味
我掠我ê心脈做主線計算
你ê笑容每三分鐘就出現

Soah雄雄hō͘ am-pơ-chê ê háu聲拍醒
我chiah無意無意kā薰點--起-來
Suh一个大khùi
Chiah想著你應該無食過我煮ê phá-su-tah……
你kám ē想beh試看māi ？

流浪

問你--啊，漂浪啥路用
佗位chiah是你原鄉
為何到ta^{n} koh sì-kè leh走chông
Kám是心內姑不而三終

若我講，你就好好仔siòng
是siáng hiah無天良
刁工sńg弄koh無情leh阻擋
Thún踏lán siu囝重傷

天公--啊，心肝有較雄
放sak lán ơh kài樂暢
悲情運命鋪排koh無人養
是叫lán家己就ài較堅強

Bâ 霧光 iáu 未臨到 ê 時

願昨日 ê 工延續
願昨日 ê 傷堅 phí
我無應該驕傲
驕傲 hia 我 koh leh 學習 ê 物
我 ê 心定著 ài koh khah 闊
親像我攑頭 chhiau 揣你 ê 影

阮 tī chia 聚集守候祢 ê 榮光
堅信伊 tī 天--裡
保守地--裡 ê 羊群
阮的實無欠缺
頭前有你引 chhōa

願今日 ê 工 tī bâ 霧光 iáu 未臨到 ê 時
阮已經精神
迎接
願 hia beh 傷阮 ê 人
繼續沉眠

赦免in

Án-ne今仔日，阮無其他ê願

輯二

Lóng 是阮 leh 烏白想

海墘亂想

孤帆
微風
日頭落西
大海　搖搖擺擺
心　tòe leh 搖擺
討海人
Lín 如何「安」lín ê 心
Kám 是月娘？
提出釣篙
大力 hiù-- 出 - 去
請伊入內做伴

海鳥行船

海鳥仔
飛四方
Mā 需要一塊所在歇睏
雖 bóng 路途千里
M̄-koh 無失去方向

遠遠看 --去
浮浮沉沉一塊柴箍
凡勢是天公伯 ê 安排
雄雄驚一 tiô
Siáng 知是一隻大海龜

大海龜 --啊大海龜 --啊
徛 tī lín 身軀頂真久
Chiok 失禮 --ê

大海龜 soah kā 講
無要緊 --lah

算我載你一chōa
兩人做伙khah有伴

M̄知成功之時
茫茫大海
佗位揣--你--ah

月娘

我tī無人ê街路
走揣你ê行蹤
街仔路頂
Kan-taⁿ一隻瘦pi-pa ê烏貓
恬恬仔等候beh落網ê niáu鼠
Ǜi烏水溝出--來
M̄-koh烏雲kap你sio辭後
Niáu鼠拍生驚
Chit場「大食細」ê戲齣
Tio̍h koh再揣時間表演一擺

我想雖bóng烏暗
是m̄是總--是有天清ê時chūn
Hit時　就有生機……

柑仔色ê日頭

柑仔色ê日頭--啊
Kā阮講伊ê留戀
留戀今仔日
講你beh用最後ê khùi力
Tī墜落大海進前
燒出你hō͘阮難忘ê一面

柑仔色ê日頭--啊
Kā阮講伊beh落山
Pha荒ê田園
水牛早就無tè看
Hit个不時喙咬一枝薰ê阿福伯
已經tńg去塗州
陪伴心愛ê老伴
田園內雜草sì-kè湠
就據在--伊--lah

柑仔色ê日頭--啊

是m̄是kap chòh--日仝款
Hō͘阮hiah-nī仔思念
Hō͘阮心亂
Hō͘阮m̄甘放

日頭

雨是日頭傷心ê目屎
雲是日頭am-khàm心內ê悲傷
風是日頭無依無倚ê háu聲
總--是，ē有日頭光ê一工
不而過　m̄-thang bē記得家己ài行出希望
Lán總--是án-ne欺騙家己
M̄願承認　甘願走閃
講日頭是孤單--ê

赤iāⁿ-iāⁿ ê疼已經深深ù入去記憶內
講需要冷靜
所以叫來一場風雨
來代替lán háu
來代替lán創傷ê過去
碎iôⁿ-iôⁿ ê魂魄chiah ē-tàng tòe鳳凰飛ǹg日頭
Tī每一日bâ霧仔光照大地ê時
對你講一聲「gâu早」
講今仔日猶原是好天

你soah問日頭
若明年chit時無雨無雲
風kám ē tī耳空邊講一句「保重」

◆ 註：九二一地動 15 週年，鳳凰風颱入侵。

黃昏

Tī最後告別ê時
用阮上kah意ê柑仔色胭脂畫妝
Pì-sù ê模樣　引阮ê m̄甘
軟sìm-sìm ê白雲皮
看ē出你ê溫柔
交代風姨偷偷tī阮耳空邊leh講你ê心內話
我褪赤跤
踏tī iáu有賭寡溫燒ê沙埔
走揣你ê跤跡
無情ê海水
Soah大主大意拭無--去
Mā chhōa走阮ê目屎
阮ê目屎是唯一ē-tàng tòe--你
消失落入大海
Hit時
我ê心
Mā烏暗
等待另外一个開始　天光

三更半暝

（一）月娘

三更半暝
睏 bē 去
外口霜冷風 chhǹg 入骨
Tī 巷仔尾 se̍h 來 se̍h 去
我一擺 koh 一擺偷偷舉頭看
月娘 soah siòng 阮金金看
害我歹勢 --起 - 來
我想著愛笑
規工 ê 憤怒
一時化解
睏進前
Ài 記得 kā 鬱卒 ê 面洗清氣
像月娘仝款白清
眠床親像 leh 叫 --阮
Khah 早睏 khah 有眠

（二）烏白郎君

三更半暝
睏bē去
Hit隻烏白面貓仔
輕輕leh叫
開始巡街
我leh想　伊是m̄是烏白郎君ê化身
「烏金社會揚武宗，
白色恐怖殺英雄；
郎本無情絕義理，
君臨天下見真龍。」◆

Chit擺你想beh掠siáng？

◆ 註：金光布袋戲看板人物「黑白郎君」ê詩號。

失眠者

天頂ê月娘
陪伴每一个所在ê失眠者
聽in偷偷仔leh講心事
月光照in tī陰暗ê角勢

天頂ê月娘--啊
有你　至少　bē孤單

有時
天頂ê月娘
真正是愛滾sńg笑
刁工揣烏雲kā失眠者戲弄
一時之間　hoa--去
害in beh行落去大海走揣

天頂ê月娘--啊
Kám講hām你mā無法度了解失眠者ê疼

陷眠

暝夜chông入我ê房間
強迫我suh過去ê烏影
Tī我耳空邊hia sėh-sėh唸
押我ài寫劇本兼做主角
將愛睏神趕走
戲棚仔就tī我ê頭殼內
觀眾kan-taⁿ我
等到亂鐘仔大聲kā伊chhoh
伊chiah ùi窗縫逃走
我soah hō͘棉被關tiâu--leh
無tè走

流星

流星　栽--落-來
伊　無等--人
伊　beh狂去佗？
閃爍ê光
Siu̍h--一-下
烏暗
你願望hē--ah--未？

蟳仔

烏龍sėh桌橫霸霸　歹chhèng-chhèng
Chhe^{n}-gîn-gîn ê雙目
充滿怨恨　充滿藐視
擛雙枝phiàn-chih
大枝細枝
隨時beh kap人chhia拚
一支喙咒唸無停
滿腹ê怨氣
全全pho
不時leh tháu中khùi

借問　海龍王有tī--leh--無？

討海人

海無底，水無痕
天烏雲，歹按算
趁食人，心酸酸
Khah 艱苦，腹肚吞

船 pha 碇，等天光
一口灶，亂紛紛
媽祖婆，sio 借問
等何時，thang 來 tńg

細本--ê

Bih tī 冊店壁角
電火發出黃昏ê日頭光
兩蕊目睭注神beh thàng破hit本冊
一種àu臭酸味有催眠作用
Soah無法度抵抗
雙跤一步一步行入冊內ê劇本
頭殼搬戲　導演男主角lóng是家己
創作屬於家己ê女主角
發揮創作天份
空思夢想m̄免限制
雄雄……
有人hoah教官--lah、教官--lah……
即時跋落現實
『你在幹什麼！』
夢碎……

無看見

無看見日頭chhia-iā^{n}
凡勢是伊貧惰hō͘雲欺瞞

無看見斑芝紅花
凡勢是春天ê亂鐘仔bē記得調整

無看--見
草meh仔、金龜仔、田嬰、tō͘-peh仔囡仔時ê chhit-thô伴
凡勢是揣無路來tńg

無看--見
Hit時闊bóng-bóng ê田園
凡勢是作穡人ê血汗已經到盡磅

無看--見
是目睭生tī lak袋仔kap做錢伯--à ê守護者

無看--見

是注神目睭前看bē清koh用hàm鏡來看ê名

Ta^{n} m̄是chhe^{n}-mê
無看--見
心內可能khah快活
無看--見
管待伊未來按怎拄按怎

青春遺書（ûi-chu）

Thián開歲數
一段一段、一chat一chat
M̄知何時截chah
剪一蕊一蕊無仝個性ê雲
掠一束一束無仝溫度ê拍phú仔光
Hō͘ hit粒面皮jiâu-jiâu ê月阿婆
Siàu想lóng鉸落來貼tī失落ê青春
Chiâⁿ做一本遺書
時間若久，後壁ê糊仔變成
愛--著khah慘死ê碎iôⁿ-iôⁿ
掀--開lak規塗跤
Beh揣
揣無
化做hu
掖sì-kè iāⁿ-iāⁿ飛
……
風將in put-put--leh
收踮壁角
無聲無soeh

巢窟論談

窗框hit phiàn khóng ê天無kài大
總--是　色水有hȧh lán ê味
大細有hȧh lán ê心情
軟綿ê雲自在徙動免am-khàm內心變化
Mā m̄驚人知　mā m̄驚人笑
Che是你驕傲ê gōng膽
當然　頭頂ê天chiâⁿ實khah大
Soah揣無lán ê所在
Khêng實有n̄g望mā bē欣羨
真實世界m̄願hō͘ lán機會
Chiâⁿ做in景緻ê一份子
是驚搶伊ê風采是--m̄ ？

所擺　鎖tī闊三尺、長四尺ê窗框內
沓沓仔互相sio伴kap thuh臭
He聽kah siān ê phì-siòⁿ話屎
已經hō͘生狂ê車陣kauh過幾若擺
經過ê人無了解lán人話

免chhap-siâu lín偉大ê論談偌高深
免筆kap白紙
直接寫tī khóng ê天
是--lah　窗框一格一格就是替lán鋪排
叫一杯飲料加添腹內ê墨
看ē-sái照--tńg去--bē ？
看頭頂ê天有lán ê話--無？

◆ 註：文學館前咖啡座（俊州兄、凱哥、定邦兄kap我），我看見窗框內ê雲，soah tī心內pū出chia-ê話。2015/11/28

冊ê孤單

一條鍊仔將思想拖tiâu--leh
陷tī lô-chip（*logic*）ê死巷仔
Hām揣to揣無佗位是出口
是非烏白sa無頭cháng
南北天地lóng走精--去
鬱卒ê冊倒踮tī塗跤
偷偷仔leh看
Ǹg望將伊目睭thí--開
唸出清目解腦ê咒語
Án-ne
冊ê孤單kap思想ê束縛
Koh再重生

夜星

擇頭
光 iā^{n} ê 暝無成夜
天頂 hit 粒星猶原吐光
是 leh m̄ 甘阮、點醒 -- 阮
Che 是上帝 iáu leh 看顧痟貪 ê 子弟
痴迷 ê 人
失去反省 ê 人

Jû-chháng-chháng ê 車陣趕狂
Beh tńg 去佗位 -- 啊？
天星 koh leh 引 chhōa
雖 bóng 茫茫 mā 是一條路

就請關火出門
照光
定著愈來愈濟天星
愈來愈光
Hit 條路愈來愈明

薰

恬靜ê下暗
聽--見-ê 是家己jû-chháng-chháng ê心悶
想beh寫--幾-字
Soah thuh bē出--來
話是beh按怎tháu
一枝薰siâ^{n} lán ê靈魂
一喙一喙kā無奈吞落入腹
一喙一喙mā kā意志
化做白煙
Thāu無定性ê人
淤sì-kè
城市無眠　暗安

健康檢查

我beh來病院做檢查，m̄是食老跤手ē麻
頭家歹性地不時ē亂咬，害我血壓chhèng-koân火氣大
頭家、頭家叫我做到三更半暝，kā阮當做細漢--ê
講人無爽快去看病，看了tio̍h緊tńg來做khang-khòe--ah
護士小姐、護士小姐，緊來看--一-下，看我ê血壓到底有偌koân
頭眩目暗心頭koh ē tiuh--一-下tiuh--一-下
我到底是tio̍h啥mih病

我beh來病院做檢查，he是操勞過多無ta-ôa
頭家chiâⁿ bái猴做人真壓霸，我leh做事伊tiāⁿ-tiāⁿ來吵
頭家、頭家你到底hō͘我有偌濟，我ê青春肉體是無價
人無爽快去看病，躘院koh ài做khang-khòe
醫生--啊醫生--啊，緊來看--一-下，我ê人生哪ē
哪ē hiah liân-hôe
頭眩目暗直直se̍h，認真趁錢來tio̍h病，跋落無底ê深坑

我是頭家ê一枝草，伊若是無歡喜就來khau
為著家庭mā是韌命揣出口，相信一日ē來出頭
我是厝內ê一座山，我若是崩--去in是beh按怎
為著家庭千斤萬斤lóng ài擔，厝內iáu有某有囝……

我beh來病院做檢查，醫生你tio̍h緊來緊來看
我ê囡仔iáu未大……
我beh來蹛院做檢查，頭家你kám有leh看
我ê囡仔iáu未大……

暗時記事

日誌之一

一日一首詩
寫阮ê一點一滴
完成死亡ê日誌

線索

Tī冊桌前
慢慢補thī^{n}歷史ê線索
M̄願hō͘人am-khàm
認賊做老爸

誓言

將誓言寫tī三片落葉仔
一葉一个
一葉soah hō͘日頭曝kah kơ-ta

一葉soah飄落樹ńg跤àu臭
佳哉
一葉偷giȧp tī我ê日誌
逐工照顧
保留伊原本ê氣魄

失眠

靈魂食快樂丸
暝--時茫茫
唱日--時ê悲傷
——送hō͘失眠ê朋友kap我

愛睏無死人

目睭皮重重
將靈魂䀐tī烏暗空間
鼻仔一chūn一chūn hoah救人
喙角仔流白pho仔瀾
我死--ah

時間

手錶，亂鐘仔 tàn-hìⁿ-sak
享受性命無期限
鏡內面 hit 个頭毛全白 ê 人
是 siáng
啥人 kā 伊染頭毛

讀詩（一）

讀你ê詩了後，chiah知原來m̄ bat sa^{n}見ê你
是一个khiau-ku ê人
喙水無人評論--ê hiah利

讀詩（二）

昨hng陷眠寫ê hit首詩
Chhōa我入來火車頭
月台起風，伊去hō͘感--著
我緊攑筆kā病症寫落來鋪tī面冊
眾人lóng無藥方
Kan-ta^{n} hoah-hiu
詩，無好讀！

詩心

半暝寫詩ê時
Soah kā心拍ka-la̍uh
Tī某一chōa ê某一字
我想應該無人ē發現

詩人？

寫詩--ê無一定是詩人
讀有--ê chiah是正港ê詩人
In永遠bē tī詩人名單內
無的確
有一工，in ē抗議che不公不義ê現實

Tang時仔寫詩

Tang時仔
寫詩m̄是beh kā kian疕khàng--落-來
繼續流血
Tang時仔
是beh kā內底ê膿擠--出-來
Biăn-sớ-tàng糊糊--leh，hô͘-tái包包--leh
後擺bē koh疼kah流目屎chheh-khùi
Tang時仔
M̄是刁工kā入禪ê eng-ia拍醒
是驚bē記得kā心肝hit pha電火點to̍h

敗市 ê 詩集

悲傷 ê 色水霸占目睭仁
Lán ê 青春 mā 已經無看 -- 見
Chiah ē 用歪 chhoa̍h ê 語法來表達
我 ê 愛
你送 -- 我 ê mih 是一種折磨
Chiah thang 測度 lán ê 愛 saⁿ 離有偌遠
落南 ê 火車
Beh 按怎解讀我 ê 詩
Iáu 未聽著你 ê 回答
我已經摔落去稿紙 pit 巡 ê 所在
額頭 ê 血跡
Chéng 頭仔趖 -- 過
Tam-- 一 - 下
Mh，愛是一種獨裁 ê 味

Khih 角 ê 思戀
你看 -- 我我看 -- 你 ê 角度愈 khi 愈大
按怎 to lóng tàu bē bā

Kā 你 ê 跤跡無細膩拍無 -- 去
無法度複製 he lán 致意 ê 熱 -- 人
Chiah 恨筆墨無水
Kā 字紙 lih kah 碎 $iô^n$-$iô^n$
看見你偷偷仔拭桌頂 hit 塊玻璃
我 ê 指模 koh 印 tī 頂面
He 是我 tī 你世界賭無偌濟 ê 干證

隔壁生份人苦勸 -- 我
Koh 再寫批 hō-- 你
講你無法度干涉我干涉你 ê 自由
所擺
我 chiah 寫 chit 本無你 ê 詩集
無法度送到你 ê 手
一本敗市 ê 詩集

Khioh 字

所有ê話句kám lóng已經講了
絕kah真貼底
暴力ê風勢吹斷雨傘骨
街仔路擛棍仔ê紅狗蟻
喙齒利劍劍、胃脾大開
Chhńg食一个koh一个勇敢查某囡仔ê chi-bai
Thè^{n}-koân ê和平ê旗khoái^{n}
英雄！ Gô hit粒浮phà^{n} ê心肝
刺chhȧk ê hiàm叫牽khȧp爸母人ê悔悟
威風凜凜ê狗公大pûn螺仔聲
路--裡，無人，恬chiuh-chiuh
目屎參血tòe雨流ǹg枉屈ê港墘
水流屍聚集排做兩个字——自由
話無thang說，注心仔khioh字

退稿

算 bē 清 hō͘ 你退稿 ê 詩有偌濟
一首 koh 一首我自私對你 ê 展望
是愛戀 ê 厚度無夠？
拍 bē 開鎖 tiâu-tiâu ê 心房
Liah bē 開冰山 ê 假面

假使願意一字一字斟酌
埋伏 tī 身邊 ê 菁仔欉定著見笑
烏陰 ê 天面目 nih 轉做 khóng ê 笑容
笑我歪 chhoa̍h ê 筆劃有海 ê 韻律
一湧一湧征服寂寞 ê 教科冊

假使願意一句一句聽看 māi
Tak 纏 ê 不死鬼早日揣著愛 ê 定義
生冷 ê 目神看 thàng 詩 chōa ê 隱喻
踏平我起 chùn ê 聲線
一聲一聲伴奏你我人生 ê 冒險

失眠前ê速寫

厚雨ê季節tiā^{n}-tiā^{n} ài切換思念ê頻率
刁工練習
鎖tiâu目屎ê兇狂
三不五時péng過來攪過去ê話句
慣勢chiâ^{n}做海ê一部份
有淡薄仔gông-chhia-chhia
我ê詩chiah拄開始學習
否認，否認多情是虛幻ê一種手法

「一杯冷--去ê咖啡徙去暗sàm ê壁角
一chūn無張持ê夢
Hám醒孤單ê尾巷仔
一隻烏貓等待月娘ê施捨
Beh跳去倒tī厝瓦頂ê心肝」

屈服tī一chōa詩句內
一chōa一chōa詩ǹg望人來屈服
Sòa杯ê咖啡拒絕失眠來陪伴

規个人chhāi tī電腦頭前
Ká^{n}-ná ē kap你sio出路
添補記持nah-o ê所在
目睭內ê倒照影
有淡薄仔驕傲
無據在暗暝先投降
我，猶原思念無停

有關詩

有關詩ê寫法
用謀造計kan-taⁿ為著tòe著你ê嘹phek
Hit个生份ê字詞隱喻一寡無法度tháu ê話
Kā思念漆做khóng ê天
Tī寒--人ê拍phú仔光我ê詩lian--去
據在字句hō你踏kah碎iôⁿ-iôⁿ

有關詩ê寫法
M̄是逐首lóng hō你póe bē離ê目屎
沃tâm你súi-súi ê面腔m̄是lán ê原意
你是tiâu tī我心肝頭ê疼
你頭身tńg-oat徙動
親像慣勢chhiau揣光線ê指引
詩徛tī原地hō烏影吞食
Mā聽bē清虛空ê應答

有關詩ê讀法
先giâu疑家己是m̄是雙面刀鬼

真濟 ē hō͘ 我家己生驚 ê 祕密
像 lán 爭論計算孤單 kap 自由 ê 最大值
像你替我修剪喙鬚無細膩 khau kah 流血
像你刺 ê 頷巾纖維一 chōa 一 chōa
斷絕。燒度勻勻仔冷 -- 去
Ná 詩 tī 你 ê 子宮內 ná 唱 ná sau 聲

有關詩 ê 寫法
上好三更半暝揣一个無熟無 sāi ê 所在
點一 pha 蠟燭光看 thàng 伊 ê 未來
Liah 開無定著 ê 跤步聲
M̄ 免等待另外一个痟狂 ê 讀者
等待一 mi-mi 仔 ê 肯定就好

寫詩是一種咒讖

有伊tī身邊ê時chūn真苦
睏眠是一種咒讖

寫詩寫到目睭出火
冊架頂ê冊chiok燒，行出來怨嘆
親像伊已經厭siān按怎敘述
厭siān kap我全款chiâ^{n}做文字ê內籬仔

寫詩寫kah目睭chhe^{n}-mê寫kah吐血
伊kan-ta^{n}想beh恢復éng過大樹ê模樣
Tńg去前世ē-tàng逐工看著月光kap日頭光
有家己ê風景、有屬於家己ê一蕊雲

寫詩寫kah心肝頭lóng火
假使bē-tàng tńg去éng過，至少ē-tàng有一雙跤
伊ē去沃一場雨
或者是行到海岸邊hō͘海風kā講
按怎一頁一頁耐心仔書寫

每一个段落lóng有伊ê意義
Koh有áu痕ài細膩phih-phak前進
有時chūn走散ē hō͘人成長

寫詩寫kah規lān-pha火
M̄是beh刁工hō͘伊苦thàng
Mā m̄是khioh恨失--去ê目屎
Khiú長ê影比我koh-khah看破
比我koh-khah ē-hiáu覺察
無寫是驚惶
驚惶bē-sái證明過去是一場空tńg ê時光
冊架頂冊chiok燒，走出來訴苦
問我啥mih力量hō͘我寫kah chiah-nī悲傷
伊soah m̄知影是伊ê熱度燒歹我ê希望
寫kah規暝，咒讖規暝

詩人ê靈感來源

無臭無siâu ê下晡
一條一條beh bē記--得ê記持
Ná銃子ùi心房tōa^{n}--出-來
啥mih lóng談論策略ê時代
宣讀家己寫ê詩是hiâu-kha-chhng
Bih tī有ńg ê所在
思念重新歸零，重新chhiau揣

Sak-khuh ē記得紮--leh
避免經營愛情ê預算thap頭
內底烏色短chat仔khún身褲，粉紅仔ê khún身衫
外口一領風moa仔……空思夢想
伊恬恬，無講一句話……
我ê筆穩心仔磨出一chōa一chōa白賊話
設使hām詩ê水倒影解soeh bē了
等--一-下暗頭仔頂月眉ê笑容
消滅靈感ê行動bē koh hō͘人書寫
（詩人，免假高貴……家己hiâu-kha-chhng）

凡勢是自尊無細膩hō͘烏咖啡chha̍k--著
Iah是hō͘牆圍擋tiâu--leh
思念已經chiōⁿ腹
筆尖一字一字tōaⁿ--出-來
瘦枝落葉ê夢也kiōng-beh擋bē tiâu tī現實gô͘
一通電話khà過來問
「Ē-sái教我文學--無……，sak-khuh kám ài紮？」

半暝書寫有感

Hō͘我chhia倒ê薰khok仔臭火ta味
Tī塗跤tháu放一種寂寞，一種屬於思想ê癌症
Che無的確是人類進化ê過程
Hit粒手錶刁工激恬恬無話無句ê控訴
歷史必然ê反背
冊桌頂紛亂ê心情，仝款tài一種寂寞
一種仝款屬於思想ê癌症
時間無攬無ne呸一喙痰
呸ǹg我無tòe時行ê詩句
「手路已經老倒勼、字目欠稽考
人讀kah花花ê詩句定著有暗語
Chhiak-chhiak-tiô ê意象是評審ê滿漢大餐……」
欠缺後現代ê結構是寂寞ê病因
白chiáⁿ無味ê敘事是顧人怨ê閒仔話
未chêng現代化ê詞典五花十色
聲母tio̍h先用薄荷葉包--起-來——止渴（khoah）化痰
防止思想栽落去寂寞ê蟲洞
Khah免石磯仔提醒暗暝無情ê批評

Khah 免 che̍h 種 ê 詞 há^{n} 死我 ê 寂寞
書寫 m̄ 是一種信仰
是一種血 sai-sai ê 寂寞
臭火 ta ê 詩句，請禁氣讀
請 m̄-thang kā 伊呸瀾呸痰

◆ 註：石磯仔，chio̍h-ki-á；（HG）台灣夜鶯。

詩 m̄ 是熱--人 ê 枝仔冰

日頭赤 ia^n-ia^n，燒 kah 一首詩寫 bē 出--來
汗水滴，頭殼 mơh leh 燒
理路 ná 電線絞，無法度伸勻
無風 leh 吹，bē 秋清，hō 人無力
M̄-chiâ^n 詩句，一字一字 bih tī 有 ńg ê 所在
Am-pơ-chê 耳空邊叫靈感趕緊走
詩意軟 áu--去，hō 熱--人 ê 無情 khî^n-tiâu
心肝頭 ê 幻景，直直重複
Tio̍h 痧 ê 筆，kō 仝款 ê 結構
敘述通人聽 kah siān ê 情節
熱情是詩人家己 ài hì^n-sak ê 毒
褪腹 theh 降服，講詩 m̄ 是熱--人 ê 枝仔冰
阮，m̄ 是熱--人 ê 詩人

雜種仔詩

Sāi-thái kap生份ê腔口
人看無ê字體
Sio-kàn生淤雙語天才

菜市仔bu-là-jià má-tơh

熱--人，寒--人
阮ê青春猶原單純
上驚無人知阮ê心思
（……跤麻手痠）

早就bē記--得

早就bē記--得
無細膩kā記持tam--一-喙
甜but-but意愛tńg來叫--阮
飄撇ê你，輕聲講一句「人生借過」◆

早就bē記--得
青春行倚，sio閃身
面熟ê鼻目喙已經jiâu--去
風mā m̄甘koh將lán絞做伙

早就bē記--得
安插一對隱形ê翼股
思想ê時，飛來你ê身邊
Siáng知揣無路，揣無愛ê記號

◆ 註：借蔡振南〈人生借過〉。

愛睏神

天星光掖--落-來
看著無閒chhih-chhih ê我，斟酌我ê hân-bān
Chhng-thàng ân-tòng-tòng ê心
拳頭拇gīm-tiâu-tiâu準備戰鬥
我看著家己khiau-ku ê kha-chiah影
粒積ê意志tī山稜仔線走pio
荒--去ê ǹg望，koh有一寡lân-san ê情節
山崁傳--來ê聲嗽坐清chau亂ê跤步
Tī-leh chhiau揣啥mih ？靈魂tòe山霧浮漂
北斗點出舊年iáu未夠分ê心智
決定停落來歇跤，迎接烏暗罩--落-來
聽風chha̍t腹ê陳述，看台灣山羊仔跳thah
閃避獵人ê弓箭、江湖ê現實虛幻
五官敏感幼路，開闊
天星光掖--落-來，祖靈ê hiàm-hoah
一chūn一chūn kiōng-beh bē記--得ê音符
召集tih-beh來ê愛睏神
安搭一身忝le̍h-le̍h ê肉體

食bē落飯

我無想beh食飯
股市大落ê因端
我無想beh食飯
米國beh起兩角銀ê利息
我無想beh食飯
露西亞hoah講伊若起chhio核戰就ē爆發
我無想beh食飯
台灣致意愈來愈濟ê確診人數
Soah講檳榔汁是一種藥方
我無想beh koh食飯
五日節粽已經食beh一個月
電廠已經停幾若擺電
火氣愈來愈大
心肝soah愈來愈冰
我開始吐
絲
聽講戰爭ē死人，雖bóng無官方證實
聽講無種珠ê人死亡率mā真koân

雖bóng真濟人無leh hiù-siâu官方
逐个人lóng開始吐絲
Tī網路、tī路--裡、tī厝內、tī天頂、tī海湧
隔離koh隔離
Soah愈縛愈ân纏纏一大毬
Siu^{n}縛ê思想逐日直直khiú
愈khiú愈ân愈纏
Khiú kah原底就自我隔離ê羅漢跤to ē-hiáu
寫詩
我soah分bē清是詩iah是絲iah是……死

查埔貓仔

1

我若是一隻貓 kám ē 得著你 khah 濟 ê 疼
M̄-thang 講 che 空想無應該存在
Hit 隻貓咪 m̄ 是得著你 hàm-kōa-kōa ê 對待
Chhi-bú-chhih-chhū 講你愛聽 ê 語句
Che 對話 ê 模式是我愛學習 ê 語法

2

Chiâ^{n} 做一隻貓 kám 有一套系統化 ê 學習方法？
Ē-sái 陪伴你看一齣 koh 一齣 ê 喜怒哀樂
免 chhap 我 tī 厝內流浪
你若 tńg-- 來我 nih 跤尾觀察
心情 ê 氣味
你跤鬆手弄 ê 時 chūn 我可能 bē chhap
He 凡勢是你 kah 意著外口 ê bâ 仔
不而過，鬱卒 ê 時

Ē行入你ê寂寞
假使你有時行入我ê空虛
Iah是有時lán sńg bih-sio揣
走閃任何束縛ê語詞
是chiâ^{n}做貓ê必要條件
Che chiah是大人款

3

我m̄是beh做皇帝
三頓清彩就好
只要mài hē鹽
我m̄是beh做清官
不而過，答應你ē顧家
Bē去外口lām-sám來
厝內ê ka-choa̍h niáu鼠
我ē打tia̍p
Hō你一間sù-sī ê天地
唯一要求
接受我毛真濟

我無講

看你目箍內滿墘ê ǹg望kap期待
我kā你講，你mài kā別人講
夏至m̄是讀詩ê好時chūn
無論虛構iah是真實lóng ē tī透中晝時熔--去
意象ê曲面ē聚集日頭ê恨
爆發地球粒積長久ê不安
讀詩ē重傷，無死mā ē痟狂
你若kā別人講，我就無愛kā你講
夏至m̄是寫詩ê好時chūn
冷氣機無攪無ne吹厭siān ê燒風
迷失ê島嶼khȯk-khȯk起造無人蹛ê迷宮
行bē出家己ê跤步
厚tut-tut ê牆仔lóng是複製仝款ê色料
Koh若tī燒燙燙ê夢池有閃魚鱗形ê光影
頭眩目暗ê筆按怎吐詩
我無愛kā別人講，kan-taⁿ對你講
詩m̄是涼--ê，熱--人ê喙食mih
若無細膩，稿紙無ńg thang bih家己燒--起-來

一pû臭火燒ê火hu bē是未來ê寓言
緊，kā別人講我啥mih lóng無kap你講
詩人ê話是透白，無祕密--ê

虛無

雙手交含（kau-khâⁿ）tī後擴空想
若失去重力tī浮漂ê外太空
少年時兇狂、天真目nih荒--去
Ùi窗仔chhîⁿ--過-來ê風湧堅凍脆sap-sap
Ê心肝
記持內ê關鍵詞拍phún
Chiâⁿ做一个生份ê事實
想著你定咒讖--ê án-ne：
「He文本手路khah孽
離經ê花蕊是leh kơ-chiâⁿ人類
Lió--一-下，小可尊chhûn伊ê芳」
頭殼內理路三步做一步行
血筋內chhoah流反抗暗暝、反抗蛀--去ê éng過
Kap虛無宣戰
月光照入來冊桌
Koh一擺無防備
詩chōa tī日記 2008 年 8 月初 9 sio閃身
等精神，越頭已經走去另外一个烏空

□□

講 bē 出喙 ê □□——□□ ké^{n} tī 嚨喉，hoah 救
收藏 ê □□——□□百歲年後，已經無喙齒
Lih-- 開 ê □□——□□公開了後，lán 離愈來愈遠
講 bē 出喙 ê □□——□□是虛構 ê 手法
Kan-ta^{n} ē ǹg 死亡去
無人保證 ê □□——□□天知地知我知你知
無人無□□——□□是有人 chiah ē 存在
講 bē 出喙 ê □□——□□ kan-ta^{n} 恬恬 hoah 救
有偌濟□□——□□愈 hoah bē 出聲，無人救
想 beh 知影 khah 濟□□——去揣報紙頭版 ê □□
□□公開——另外三个新 ê □□ ē 出世
□□有生冷 ê 體質——趕走熱 -- 人鬱熱 ê □□
□□人人愛聽——收藏別人 ê □□是一種自殺奇巧 ê □□
□□是一種擛重——擛 siu^{n} 重 that 死人 m̄ 是□□
□□講出喙——可能有好有 bái
□□有好有 bái——講出喙聽了 chiah ē 知

骨

〈背骨〉

電光照--落，先生講che開刀mā chhiâu bē正。

〈軟骨仔飯〉

就算iau--死，有偌好食，詩人m̄敢點。

〈偷食〉

M̄是m̄愛--你--ah，是癢kah骨頭擋bē tiâu。

〈骨牌〉

鬥陣徛thêng-thêng做伙倒--落-去，好--無？

〈Khioh骨〉

收集無hu--去ê愛無碎ê siàu念。

〈鋼鐵人〉

金身護金身，免驚碎骨分屍。

〈無刺虱目魚〉

骨氣tī嚨喉鐘仔直直摒，無聲。

〈退化〉

時間ê骨目lóng bē退化。人老，無ta-ôa。

〈問號〉

硩彎ê身軀直直發出人生ê giâu疑。

〈骨氣〉

免點火，就鼻著臭火ta ê決心。

〈石油〉

野蠻已經做古，人類soah重新點to̍h in ê火氣。

〈欠鈣〉

愛情未chêng老，鈣質怎樣開始流失？

夢著一首詩

Koh是夜暝睏bē落眠
攏sėh tī夢kap現實ê交界
失眠ê底價ài kō幾chōa詩來定
緊
Ùi山崁hoȧh--出
墮落地獄
M̄免驚
Pha荒ê稿紙搬演意象
色水、圖形、氣味……lóng總giú--入-來
免刁工揣siâⁿ--人ê韻母
He是好看頭niâ
M̄-thang像小說虛構ê手法
定著ài用真心感動ê代誌
堅凍ê筆墨
偷偷仔leh補thīⁿ lán匀水ê理想
親像kā玻璃碎phòe仔tàu--起-來

心事

纓纓纏纏牽足大 koān ê 心事
親像烏寒 tit-beh 罩倚 --ah
La̍k 牢牢 ê 夢 tòe 雨無 ta-ôa ê 跤步
拗入去一本小詩集內底
Bih 雨
無的確，閃避是一種必要 ê 生存手路
思念 ê 問號對頭殼 pa-- 落 - 去
逼死靈感 ê 生湠
目睭金金看
一粒一粒鬱卒 ê 形容詞跋落烏水溝
一字一字親像 leh 等待筆尖 ê 輪迴
無的確，心事是
過頭濟 ê 科學食物阻礙著意象 ê 血路
瘦 koh 薄板 ê 體格、黃酸 ê 面腔
Koh 有軟 siô-siô ê 二頭膊筋◆、三頭膊筋是後遺症
設使心事 ē 擾亂氣候
等一下 ê 夢，就 beh ná 陷眠 ná 寫詩
無的確，詩使性地是無愛烏寒時來……

詩是願意替伊kā心事講--出-來
親像bih tī某一chōa……等人相認
無的確，hō雨沃tâm ê詩hō人ē看koh較清

◆ 註：二頭膊筋，nn̄g-thâu-phok-kun；（HG）肱二頭肌。

隔離

隔離之一

腹肚真iau，去khau樓仔頂ê花坩仔ê番薯葉
好佳哉，城市放sak作穡人ê思維，hō阮
ê菜免面對競爭，阮一人孤獨享受。無
夠大ê園仔，hō阮瘦落去。減輕體重，
思想soah變重，等bē赴後一批新葉大漢--ah
。等待ê時間，唸詩hō in聽，用詩沃水
、hē肥，ǹg望in恩賜hō阮靈魂koh較堅韌
。後回斟酌，是m̄是in食起來有
詩ê味。

隔離之二

病毒suh ta阮ê色水，阮ê想像，阮kiōng-beh lian
去ê身軀。Bē記年歲，分bē清東南西北，
Kheh^{n}出來ê痰成做對死亡ê驚惶。血內ê抗體
無攬無ne避免獨立ê宣言。共生共和ê愛

tī空氣中生湠。實驗室內koh研發一種koh-khah
厲害ê病毒，kan-taⁿ修改演算法摻寡政治ê
手路，網路頂ê文章sì-kè流浪，人性就ē
崩敗，恢復上古時代ê天真。

隔離之三

想beh看海，阮願意hō͘海淹，想beh看山，阮
願意hō͘山埋，失去ê自由親像身軀ê春天
提早結束。想beh看亭仔跤tng-leh育飼ê白頭
khok仔，三隻幼囝喙仔開開搶食，聽in講性
命ê n̂g望。鎖bē-tiâu ê心情tī窗仔墘來來去
去生夢，看著一欉koh一欉ê神木kā阮圍起
來。Hō͘阮力量。

隔離之四

陽台一欉旺菜闊開花，leh笑阮。一支長長
徛thêng-thêng像竹篙，自信滿滿。親像慣勢寂寞
是城市ê共識。監視日夜ê影跡。空氣ê
病毒散出來ê無ta-ôa，鎖bē-tiâu伊驕傲ê靈魂
。阮問伊kám bat tī迷宮內思考過，明仔載kám猶原勇健，

猶原相信日子ē愈來愈好。

隔離之五

骨頭直直微微仔酸，時間ê監牢行bē出去，
猶原愛有一套標準作業流程，安搭焦cho。配
幾句四物仔金句，補充營養。雄雄chiah想著應
該飼貓，好thang kap伊sńg bih-sio揣
趕走筋骨ê軟弱。

隔離之六

無thang koh hō咖啡刣死阮ê睏眠。月hóa^{n}-hóa^{n} ê時是
病毒tng-leh行，ē記飯後睏前食藥。掛喙am隨時
保護家己，保護別人。上好ê是目睭運動，
正箍倒箍tńg-se̍h，掃瞄身邊ê意象，切換想像
ê目標地。Hō眠夢接手後一chōa旅行。

隔離之七

Tī hip熱ê冊房，kan-ta^{n}阮一人
接受phō-nah-toh ê溫柔，思考詩ê行向。

頭殼停止政治láu仔紛亂ê khùi口，
停止怨嘆。加倍思考ê練習，
Chhiau揣人生，抵抗負面訊息ê攪擾。拚勢思考，
額頭頂ê汗chhap-chhap滴排除鬱tī心肝頭ê不安。

隔離之八

天鉸斷阮ê視線，雨水kā夢封鎖，眠床親像海
放阮恬恬泅，心肝頭ê影，kan-ta^{n}月娘偷偷仔對窗仔縫
看顧，驚惶一个人ê自由，永遠hō͘人關tiâu-tiâu。

記持倒退lu

倒手中chái^{n} kap 指chái^{n} ngeh一支薰
The tī懶屍ê phòng-í
金金看壁堵頂倒退lu ê時鐘
計算燒薰草ê速度
我suh一个大khùi

看著久無khoài^{n} ê田e^{n}
飛--落-來
Pit叉ê雙股siàn bē出意志
圓liàn-liàn ê雙目掩蓋bē tiâu哀愁
伊講
長長長ê薰屎
是思念田園ê長度
白茫茫ê khùi絲
是講bē出喙ê字句

鎖tī腹內ê心酸
Bē赴tī吐khùi時偷偷仔走--出-來

時間停tī青春拄beh開始舞跳ê時
我雄雄kā薰屎大力彈--出-去
田e^n 驚一tiô飛--去
用伊pit叉ê sit股
原來伊ê旅行iáu未結束
Chiah發現
時間退倒lu kan-ta^n是記持留--落-來ê跤跡

半暝夜光

是啥人半暝來
恬靜ê暗暝　微微ê清風
樓仔頂看流星
流星一chōa koh一chōa kā烏夜割破
烏夜ê血沉bih
天ê空喙收束
我ê空喙koh tī leh

是啥人半暝來
暗暝ê月光　冰冷ê塗跤
樓仔頂看天星
一閃koh一sih kā雙目khiú óa
烏夜ê目屎ng-ng-iap-iap
憂愁化做月娘ê光
你ê孤單iáu tī另外一爿ê烏夜

是啥人來問
問講chia兩爿ê烏夜kám是連做伙？

是你iā是我？

半暝ê長長長ê kà車聲 chhi̍ak破思念
規城市lóng失電
烏夜分bē清東南西北

知影

我m̄知影，我m̄知影
今年冬天哪ē hiah-nī-á寒
擽一支gí-tah唱歌beh hō͘ siáng來聽
人生ê路途是beh按怎繼續行

我m̄知影，我m̄知影
海鳥ná飛ná siòng我看
問我唱歌是beh siáng來聽
天頂烏雲teh kah阮心驚惶

我m̄知影，我m̄知影
是siáng暗時leh唱孤單
你kám無聽見肚臍帶切斷ê聲
Siáng講做人愛為家己ê運命來拍拚

我知影，我知影
用心聽，用心看
就算是人生變調ê曲mā tio̍h-ài彈

留話

Chit款無心適ê哲學性問題
Lóng tī beh出日頭進前
Koh 再浮--出-來
思考時間為何bē-tàng停止
我用目尾看--你，siáu--ê
你是m̄是攑筆leh jiok你ê過去？
Á是寫批hō͘ 你ê愛人？
Á是讀者？
（你kám有！ Siáng leh講mài清彩phì-siò^{n}別人！）
Kám是拜託in延續你ê意志kap記持
Án-ne，chiah有永遠kap未來
你ìn我講che mā是逃閃老ê密絕
我無意無意m̄ chhap--你

自頭殼開始bē啥ē tńg-oat
倚靠算日頭起落度日
掀hia幾本àu黃ê日記
Ta-lian beh脆ê紙頁

Ló-chhó ê字跡像無齒ê老花仔
Sėh-sėh唸家己應該愛知ê代誌
窮實，已經sa無貓仔毛
總--是，你mā是ē問日頭當時ē koh起來

你ê讀者；我
開chiâ^{n}濟時間
Mā m̄知影che一段一段ê故事前後是beh按怎tàu
Beh chhiau揣lán共同ê過去
Hia幾段siâ^{n}人ê劇情（你我chiah知）
Hō͘ 我koh再精神一擺
我ē認得--你
Ta^{n}，我koh重新熟似你
你自少年就逐工留話hō͘--我
Lán做伙行過ê路
到底有偌闊有偌遠

認罪

你koh無beh承認？我已經看出出
對窗縫來ê冷風硬拖你落床
M̄願放棄ê雙手kap亂鐘仔giú大索
Tī認輸進前，你總是失去性地
事後無承認粗殘ê暴力行為

緊起來--lah
I^{n}纏ê棉被輕聲細soeh安慰
驚嚇走koh leh追夢ê你
Nā是傷早醒
是m̄是ē bē記家己ê誓言

沓沓仔失去相戀ê體溫
Tī烏暗分bē清東南西北
Siáng beh幫贊你掖一寡日頭光
引chhōa路途
Tī你宣告投降進前

夢--裡
起床洗tn̄g
你斟酌看
鏡內ê你kám koh有走散ê靈
Ia̍h者是tàu m̄著所在
你斟酌修剃喙鬚
Tit-beh bē記家己ê歲數
親像墮落時空旅行

亂鐘仔koh一擺企圖攪擾你
Tī你結束伊性命進前
Hō͘伊好好仔大聲訴苦
替代你無beh承認ê軟弱

你講，koh無beh承認？
我已經看出出

禁

Khóng--ê天無才調理解我lān-mōa ê一面
Hit ê透早擋bē tiâu去買一包薰
He是差不多beh七工無食--ah
Ná做賊仔ê心情
Koh ná beh追求活命ê自由
Ȧh是tháu放
Mài怪我無定性！
照鏡，鼻目喙是m̄是hǒng挖--掉、削--掉
看無家己
Chǎng、cho̍h--日、sùn-cho̍h--日…
夢中ê烏影直直beh giú--我
厭siān ê心情
逼我去chhiau揣
一屑屑仔ê平靜
吐幾蕊仔雲ang做伴
凡勢beh tńg去ê時
In ē來載我一chōa
Tī khóng--ê天飛
我chiah ē知天有偌闊

宿題

M̄-thang問人生ê宿題是啥？
He是無thang解ê微積分方程式
總--是，siâng beh繳一張無入格ê成績單
Hāⁿ過中年ê戶tēng
Thang khioh零星ê記持沓沓貼做一幅抽象畫
Hō͘時間拖長ê影
免家己看做孤單
免計較圖樣ê寸尺大細kok-iōⁿ
免計較色水無符合古早ê保守主義
有時mā愛用少年時笑詼ê手路
虛構éng過幸福ê夢
打造未來ê奇蹟
有時故事tī落雨天
開始一字一字跋--落-來
一時kún-lèng ê記持
無才調收煞
親像無法度堅phí ê空喙
有時chhiâng-kún ê熱情

有濟濟無法度對譯ê情緒
Kan-ta^{n}家己知
時間催迫分裂濟濟對thīn ê分身
Tio̍h-ài kō͘ sih-nah ê mé-lia̍h
完成一个koh一个ê計劃
Mā遺留一粒koh一粒iáu未 puh-í^{n} ê種子
生狂ê中年人beh按怎面對
請承認--lah
面對做bē了ê宿題
À^{n}頭深思
Siâng定義中年tī時間線ê位置
Che kan-ta^{n} beh tńg--去時chiah知
總--是
Mài bē記tī人生ê清單上尾條——
愛繼續去一个koh一个生份ê所在旅行
Chhiau揣kap鹹酸甜ê siâng義詞
Che chiah是唯一ê宿題

Hō͘時間通緝

批寫好，時間到底beh押幾年幾月幾日幾時幾分幾秒
情路ê巷尾kap lán熟似ê起點已經m̄知按怎計算相離偌遠
Lán bat為著情感殖民leh saⁿ-cheⁿ
就親像lán練習龜殼文ê字符表達bē出lán情感ê純
所致，你我免翻譯*MSN*、面冊ê圖樣就知心思
雖bóng lán m̄是語言學者
是講，語言mā有無tio̍h時ê輪迴

睏kah頷頸lāu--著
操煩koh有偌濟冊iáu未讀
Koh欠偌濟詩chōa
我mā想beh放輕鬆
先lim一喙bì-luh
假使你ē-tàng說服巡眠者kā你ê思念
好好粒積踮夢--裡一个iap-thiap ê角勢
免除照孽鏡ê審問
我知失眠是一種重罪
無人有免睏眠ê權力

Choăn kap壁頂ê時鐘hoah拳
贏ê人進一步，輸ê退一步
我輸kah胃刺酸，吐一口khùi
空氣有厚厚 58 度ê相思
斟酌聽時間tih-tih-ta̍k-ta̍k變作ta̍k-ta̍k-tih-tih
退倒lu
夢--裡ê路全款無平搖搖hài^{n}-hià^{n}
任何人lóng有才調激出一首失戀ê詩

Kám ē-sái對chia記持ê捲螺仔旋跳--落-去
戀歌ê噗仔聲變háu聲收尾
好佳哉我耳空真重
Koh有對時間無頭神
Choăn án-ne我繼續失眠
繼續hō͘時間通緝

Tī 夢裡坐清

(一)

半暝腹肚 iau kah lȧk-lȧk-chhoah，趖去灶跤揣物食，看著貼 tī 牆仔面頂 ê 夢。
想著現實大喙大喙哺夢 ê 圖像，聽伊哀哭 ê 聲，血管噴出來一 chūn 一 chūn àu 臭。
M̄ 知影按怎應對，恬恬仔看 iȧh 是出手阻擋？Ná 看愈來愈 iau，「ē-tàng 分我一寡無？」
現實用目尾 chhiⁿ-- 我，用 phì-siòⁿ ê khùi 口講：「che m̄ 是你 --ê ？是你家己無愛 tih--ê。」雄雄，像 hō͘ 雷公 khà-- 著。
現實就是我，我就是現實。

(二)

透早夢 koh iáu 未散，看無摸無今仔日 ê ǹg 望，每踏一步 lóng 是新 ê 情節，suh 大 khùi，目睭 thí hō͘ 金，心肝放沉。

天親像降--落-來，我感受著雲leh流動，樹仔hō͘風sak一下葉仔leh飛。伸手beh la̍k，la̍k無著，繼續徙跤步，無細膩踏著nah-o ê所在，跋一倒。

夢醒，我mā醒。

空白ê紙

M̄是刁工thun踏伊純情ê軀體
一字一字溫柔chhiah入去幼白ê面皮
聽講古早原住民ê風俗
He是一个囡仔成做大人ê 證明

Nā是ē-sái我mā想beh寫tī khóng--ê天
寫hō͘眾人看
He是一phiàn闊bóng-bóng ê圖紙
可惜我peh bē hiah koân

Nā是ē-sái我mā想beh寫tī透光ê海
寫hō͘眾人看
He是一片厚tut-tut ê圖紙
可惜我siû bē hiah遠

Kan-taⁿ一張一張寫
深深仔刻
Án-ni總有一工

寫hō͘你ê批
你ē看見
看見我轉大人ê證明

落筆

落筆有偌難
心情，感想，怨嘆
Beh講--ê，看見--ê，聽見--ê，beh交代--ê
Lóng寫--落-來
讀者kan-ta^{n}你家己
Chiâ^{n}做一本厚厚ê悔過誌
Chiâ^{n}做一本厚厚ê成長日誌
烏白寫，se̍h-se̍h唸……
啥？有其他讀者？
請諒情我……
我先對家己有交代……
落筆hoah聲是證明家己ê存在

靠岸

阮beh一字一字寫
Beh hō͘序大來聽
活tī chit ê 寶島*Formosa*
是lán母親ê名
將lán土地ê心聲
留tī lán人ê門口埕
好thang來kā伊惜命命
M̄-thang bē記hit日ê咒誓
Beh將青翠樹林來生湠
Hō͘囝孫幸福koh快活
Nā是朋友--啊有teh看
同齊做伙拍拚bē孤單
做lán母親*Formosa* ê靠岸

天堂ê面腔

Neh跤尾行倚我bih藏ǹg望ê角勢
Hia有一片海，hō͘我伸勻hǒng壓縮ê夢
包容所有形容情緒ê字句
紛亂不安ê歷史tòe日月坐清
送來深lòng-lòng ê聲嗽
無人攪擾thèng好注心款三頓ê iau饑
出入目箍ê是看無盡尾ê恬靜
配秋清ê風　無的確
意念沓沓仔飽tīⁿ--起-來
所有ê脈跳lóng是全一調
全宇宙ê光kap暗聚集做伙
研討愛按怎重新定義
Ē-tàng大聲hiàm-hoah，假使有人願意翻譯
Ē-tàng póe-hōe　海何時ē ta，石頭偌久ē碎做沙屑
假使有無tùi-tâng ê暗流
He kan-taⁿ是快速thàng去上遠ê極地
一條chhiau揣意義ê路
所有ê心靈同齊漂浮

Bē過頭沉重
伸勻好勢了後，koh neh跤尾行--出-來
無人ē發現
Mā無需要解soeh我hau-la̍k ê空想

Hit暗無睏等待bâ霧光

Hit本hō͘ eng-ia淹khàm ê日記
無hit leh勇氣koh再掀開
Tng我幾冬了後想beh揣伊
Chhōe hit ê tī頭殼內直直重複做ê夢
Siáng知青春已經走過頭
Beh按怎面對ùi記持流洩出來ê日頭光？
Ng-ng-iap-iap ê心事tòe風ûn-liâu-á sì-kè散
Hit幅老花仔目鏡愈來愈沉
Tī鼻樑尾伸lûn
薄板ê紙頁koh看有幼稚ê字跡內底氣魄ê聲嗽

輯三

花草情

見笑草vs.玫瑰

見笑草
我有刺
阮驚傷害著別人
一身軀刺giâ-giâ
是宿命叫阮忍受孤單
M̄-thang來倚sio^{n}近
Khàm頭面是阮驚見笑
Mā是阮家己謙卑
保持距離　chiah ē-tàng欣賞阮ê強骨

玫瑰
我有刺
頂港出名ê愛情騙子
一身軀刺giâ-giâ
是七世ê咒讖
叫阮chhàk入陷tī愛情ê人心
靠勢花m̂美麗　用來遮khàm伊ê雙目
靠勢芳味　是用來麻痺伊ê心
倚愈近　絕對hō͘伊流血流滴

見笑草

Tng頭白日來戲弄
勼kah規身軀la̍k-la̍k-chhoah
是siáng ài見笑？
頭lê-lê m̄願koh看著chit種輕浮ê行為
Mā是自我保護ê方式
Bē輸恬恬祈禱
等待風輕柔ê聲嗽
輕輕安慰生驚ê心魂

燈仔花

燈仔花　一pha燈
Iáu未暗　就紅金紅金
等待暗時　來點燈
Siáng知是　kōa^{n}籃仔假燒金
睹月娘照路清清清
後擺bē hō͘你騙阮ê心

花謝

Hō͘愛恬恬開花　免芳hông知
鬥陣做伙、守護到花謝
Hō͘蜂來探聽ê時　lóng ē歹勢

Chhiah查某

無人了解
你ê痴迷
Khà̍p-bē著講你顧人怨
M̄ bat好好仔看你ê純情ê花蕊
綿死綿爛ê孤戀
想beh陪伴伊一生
伊soah講伊是愛自由ê人

將你ê愛一片一片剝--落-來
是你m̄知影表達啥mih是愛
愛kah chiah-nī chha̍k疼
愛kah chiah-nī堅定
啥人ē了解

無求報答
為愛起痟
為愛纏tòe
是你ê無知

無知是初戀ê人tiā^{n}-tiā^{n}所犯ê錯誤
初戀ê人ê空思夢想
Kám m̄是？
多情ê你
最後soah換來一句——chhiah查某

葉仔心

我ê心是一片青葉仔
有日頭　有雨水
就ē-tàng溫暖阮ê心
我ê心是一片落葉仔
離枝ê時
隨風漂流　自在
風停落塗時
就是上好ê歸宿

壁角ê日日春

無聲無soeh ku tī壁角
露水是唯一信仰
日頭是唯一希望
人看你臭賤
無玫瑰ê刺保護你軟弱ê枝骨
Kap妖嬌得人疼thàng

一點一點茄仔色ê花蕊tī風中搖
Siâⁿ人目光
然後
Thún踏

無聲無soeh m̄敢伸勼
露水iah是毒藥
日頭iah是烏暗
人嫌你鎮tè
無茉莉花ê清白證明你一生
Kap芳味hō͘人迷

一點一點白色ê花蕊tī風中搖
Siâ^{n}人目光
然後
恥笑

M̄甘ê我
Kám ē-sái做你ê倚靠

◆ 註：看著壁角不時生--出-來ê日日春，本底恬恬tī hia無代誌，開花了後，soah tiā^{n}-tiā^{n} hông khau斷。想beh kā伊接tńg來厝內種，m̄免koh受人thún踏，che chiah是屬於伊ǹg望ê「日日春」。

番仔藤（hoan-á-tîn）

茄仔色ê鼓吹
Tī青phiàng-phiàng ê山坡
大大細細組做一團
Tòe風姨來指揮
演奏
若有心，就ē聽出伊i^n纏ê愛情

Bih踮樹林仔內ê am-pơ-chê
無愛聽
雜雜唸　伊無偌久ê日子
愛人　緊來
陪伴伊chhan出高潮

熱--人　確實hō͘人愛kah beh掠狂

過手芳

M̄管倒手iah是正手
遺留伊多情ê芳味
Mā是阮失去控制ê證據
倚近看斟酌　迷kah有體無魂

大主大意挽一chat紮--tńg-來
落塗生根
伊無棄嫌　無怨嘆
阮ê壓霸

期待有情人來疼thàng
雙手輕輕接觸溫柔
激情
淡過一人過一人

斑芝花

落規路
拍tùi身軀
四箍liàn-tńg hō͘一蕊一蕊火í^{n}烘khah燒熱
少年囡仔sio爭khioh來排做愛情ê見證
一粒大大大ê愛心
Beh hō͘天地知影愛ê堅定
打馬膠路也感受甜but-but ê意愛
是講緣投少年--ê
Kám知斑芝也有四季
Kám bat看伊瘦抽ko͘-ta ê模樣
醉倒tī柑仔色ê街仔路
無受控制ê腦神經kap跤手
Chhia̍k-chhia̍k-tiô亂舞亂跳
開始講起雞母皮ê情話……

苦楝仔（khó͘-lēng-á）是偌苦？

名叫苦戀
是記念過去一段hō͘世俗咒讖ê戀情
Taⁿ　看見冬天ta瘦ê手骨受盡風ê凌遲
M̄ bat夏天清明時ê繁華
無鼻過伊一絲仔ê清芳

名叫可憐
是安慰失望心理tī重男輕女ê時代
Taⁿ　看見冬天黃酸ê肉體一塊一塊liô--落-來
M̄ bat秋天時hiáⁿ目ê貴氣
無摸過伊chha̍t腹ê金黃

苦戀　戀苦
伊可憐　siáng可憐
Che lóng是有意無意來安罪名

何mí苦--leh
埋怨（Tâi-oàn）台員（Tâi-oân）

是siáng leh刁工用文字來khau洗
將悲情灌入每一世每一代ê *DNA*
Iah是一時聲音來走精
大主大意來認定伊ê運命

桃花心木

一粒一粒手榴彈
安tī樹仔每一枝樹oe
恬恬
等待時機
Siáng設ê局？
Hiah歹心

Soah無張持piak--開
滿天拍箍seh ê碎幼仔
展現伊性命ê舞跳
Phu-lớ-phé-lá拚勢絞
飛
倒彎正oat
翼股ê聲嗽是*Harry Potter* ê咒語
Jiâu-phé-phé ê外表am-khàm桃花色ê枝骨
是*Harry Potter* ê手勢leh舞過來ia̍t過去

Siàu想

M̄知我 kám ē-sái騎掃梳
Tòe leh飛……

黃金雨——A-pé-lah

黃金雨　偌沉重
風leh吹　散落規塗跤
是母親ê hán-hoah
Tī受傷ê土地
治療母親ê疼

黃金雨　有偌粗
風leh吹　散落規sì-kè
是母親leh感應
Tī心悶ê土地
Leh叫囝兒ê名

黃金雨
賣無一sián五厘
有幾千萬有幾億
買無一chūn黃金雨

◆ 註：豬腸仔花。

清芳

清芳無細膩chông入lán ê心
Siâⁿ lán ê目
輕聲細soeh叫lán ê名
無張持沉落百年輪迴
越頭
Tńg--去ê路已經無tè看
恬恬tòe--你
花謝落塗
順sòa埋野蜂留--落-來ê感謝ê字句
土地
射出甜but-but ê光
射入我堅凍ê心
開始淡薄仔燒lō

◆ 註：厝頭前ê雞nn̄g花。

小草仔也開花

He m̄ 知名 ê 草仔
Bih tī 壁角 leh 吐 khùi
逐工 ùi hia 行--過
竟然無發覺
伊早就 leh 觀察我一段時間
我 soah 感覺歹勢
有人 kap 我全款

行過去 kap 伊問好
Chŏaⁿ 逐工來 kā 採
Hit 日開花
展伊堅韌 ê 人生
雄雄霸占 ê 意念 chhèng-koân

孤單--無？
我問--伊
Kám 願意我用自私 ê 孤戀
將驕傲 ê 花 m̂ 挽--落-來

沖散身軀頂寂寞ê味
伊iáu ē開花
Hit時chiah-koh陪伴後一个有緣人
無　che是屬於lán ê緣
我koh挽兩片葉仔肉kâm tī喙--裡
望伊堅強ê靈魂來替換

蕨貓

是pì-sù ê天性起致
Iah是你kờ謙ê個性
選擇chit款iap-thiap ê所在
Tī烏陰ê角勢恬恬生湠
無愛tī熱phut-phut ê日頭下跤
Siáng知幼chíⁿ ê葉仔肉無法度走閃
人痟貪ê喙舌
講有伊一生ê甘澀
Tio̍h-ài先燙燙--leh
激伊ê孤單
冷凍gàn伊ê不安
Chiah-koh搵豆油透lām淡薄仔溫馴
搵sa-lá一喙一喙
凌遲伊bē開花ê罪孽

玫瑰，愛ê寄生仔

送你ê 999 蕊玫瑰定著提去tàn--ah
Hit段情愛mā無活--落-來

玫瑰lian--去--ah
手ê空喙koh iáu未好
愛情khiau--去--ah
記持ê pit巡iáu未補thīⁿ好
Soah愈lih愈大
我ê血比玫瑰ê色水khah紅
原來伊就是怨妒我掠伊做獻禮
Chiah咒讖--我　koh將我傷hiah-nī深

愛情ê戲齣tng-leh流行
刺激玫瑰ê生長生湠
伊紅gê紅gê ê血色一代比一代淺薄
刺giâ-giâ ê枝骨瘦抽仔瘦抽
玫瑰kiōng-kiōng beh ta-lian--去--ah
愛情內底現出火燒ê紅

是kā血放--出-來
Tī攬做伙ê時　chhi̍ak kah流血流滴
Chhi̍ak-tiâu tī肉體kap心肝頭pū膿
愛soah變成流行病
玫瑰khiau--去無要緊
隨時koh再生
不管愛是m̄是永久iah是暫時

原來玫瑰是愛ê寄生仔！

玫瑰花

玻璃矸仔內　ta-lian ê 玫瑰
999 蕊
Pì-sù ê 色水 iáu-koh 紅 hóa^{n} 紅 hóa^{n}
拍開 iáu 有臭 phú ê 芳味
頂 koân ê 刺 iáu 尖 liu-liu
心 ê 空喙 iáu 微微仔疼
Siàu 想用過去幼 chí^{n} ê 戀愛來插技
封鎖十冬 ê 青春夢 iáu ē 活 --起 -來？

路邊 m̄ 知名 ê 野草 tng-leh 開花
自由喘 khùi　自由展美麗
Kah 意 ê 人大主大意 kā 挽 --落 -來
Siàu 想代替過去 ê 戀愛

花　變成戀愛 ê 原罪
花　變成痴情人 ê 牲醴
我聽見花 ê 怨恨

無照時ê花期

你講
Bat giâu疑--過
是m̄是koh再展妖嬌
好thang提醒m̄-thang將你放bē記--得
5--月到 8--月
紅kah bē講--得ê鳳凰飛bē停　m̄願歇
親像性命ê活水流過一坵koh一坵
攑頭gōng-gōng仔深探青春bē老ê祕密

我講
違背天理來行
Kám bē受咒讖？
揹世人ê keng體kap怨妒
Beh kā khùi力催盡磅
是倚靠啥mih款ê憑信
叫lán m̄-thang將伊放bē記--得
彎彎khiau-khiau ê手骨thián--開
將色水piak--出-來

做伊在世ê干證
總--是，tī人來來去去ê路--裡
無人致意
伊是tī pha荒城市內ê孤單

我問--你
He是m̄是一種暗示
暗示chit款ê súi kiōng-beh無--去？
我問--你
He是m̄是一種祈禱
祈禱lán ê世界ē永遠美麗

你應--我
He是一種束縛sioⁿ過頭ê現象
伊beh將腹內ê歡喜做一遍tháu
施展上帝ê恩典

我聽了soah頭chhih-chhih
聽見鳳凰tī khóng色ê天拍箍飛ê聲

◆ 註：已經8月底（2016），濟濟樹木猶原開花。七里芳、鳳凰木、a-pé-lah……已經lóng無照花期。

石縫草

路--裡塗跤縫ê草仔拍m̂
一蕊一蕊ê黃花
我聽見in暗祈禱
Ǹg ta-lian進前
看見世間ê súi
無驚惶無生目睭ê跤
我問伊kám beh hip一張遺相
伊笑笑幌頭

葉仔路

Kah意踏跋tī路頂ê樹葉仔
斟酌聽in chhè-chhè ê聲
講一首土地ê歌
無張持塗味走--出-來
講in beh保守土地ê誓言
Hia飛tī空中ê葉仔
是m̄是ē chiâ^{n}做天橋
Oān-nā一路行
信守葉仔ê誓言
Tòe伊吟唱歌詩
天橋hit爿是m̄是ē thàng去上帝ê厝

小金英ê話語

你飛來我ê面前
我ē認--得--你
Kám驚我kā你放bē記--得
你koh來kā我講春天已經恬恬來
就kap早前仝款
He koh是一冬ê面會

過去　規山坪
一球一球am-phōng-phōng ê絨仔
Kap風結緣
Chiah來自由生湠
人講你是尾冬ê雪花
M̄甘離開

現chūn　tī紅毛塗、點馬膠ê空縫
拚勢展現你ê活命
黃gìm-gìm ê花蕊驚無一日ê光彩
N̍g日頭hoah出無人聽ê hoah-hiu

驚人看你bē爽快就kā你thún踏

緊　tòe我來tńg
循我ê跤尾溜
來到我ê花園
Chiâ^{n}做我私人ê國度

緊　飛來我心內
循我ê心跳舞翼
來到我ê心田
Chiâ^{n}做我希望ê樂園

刺球草

Hit盆刺球草孤單徛tī窗仔邊
倚靠一絲絲仔日鬚
Kap幾滴仔露水
恬恬仔大
恬恬欣賞窗仔外ê世界
少人致意伊伸勻時ê hoah-hiàm
你若發現伊偷偷仔開花
請m̄-thang bē記得伊ê刺
刺球草ē khioh恨你ê無情
Ài你ê血做血祭
伊leh想你若受氣
凡勢ē放伊自由
Án-ne伊ē tu̍h破世間人ê生冷
Chiah ē有血sai-sai ê燒lō

兔仔草

Hit工透早
瘦抽ê枝骨tī風中搖來搖去
一蕊一蕊一欉一欉一排一排
Pn̄g日頭光透射出金黃ê ǹg望
一chūn一chūn ê幼軟挲過我ê手面
我ku落來斟酌
Kā in收藏tī心肝頭
一湧一湧講bē出喙ê感動
直直chhî^{n}--過-來
Kā我sak tńg去喜樂ê囡仔時代

無疑　hit个下晡
青翠ê草埔變做一phiàn沙漠
我囡仔時ê夢chǒa^{n}拍無--去
我孤一人ku踮hia kā in會歹勢

無人致意ê下晡

Tng拄花期，花開了 súi-súi芳芳
工人看無目地　無　就是假做無看--見
錢、生活是因端
「KÀN-LÍN-NIÂ，生hiah濟」
透中晝　修剪花花草草、樹仔
Beh死　m̄去邊--a死
蜂bē赴採ê花芳
無一句歹勢　無留一寡未來ê n̍g望
花芳bē赴湠到che無人致意ê下晡
In ê名「七里芳、翠蘆莉、金露花、白玉蘭、含笑、桂花……」
斟酌看有一欉內底koh有一个鳥仔siū
M̄知kám有bē破殼ê鳥仔--無
工人呸一喙檳榔汁tī花台
Chiâⁿ做命案ê干證
看ē吸引過路人--bē
記者有興趣報告--無
一堆人人嫌鎮tè ê花葉枝骨

赤 iā^{n}-iā^{n} ê 熱--人　點仔膠燒 chhèng-chhèng ê 燒氣
通人生狂 bih tī 有 ńg ê 所在
走揣一个求生線路
Phì-phè 叫 ê 電鋸仔哀唱
替城市 tih-beh 拍無--去 ê 自然 hoah 聲

Lán來種樹仔

Lán來種樹仔
Tī每一位受傷ê所在
Lán ê山河
伊用性命來看顧

Lán來種樹仔
Tī每一个流血ê空喙
Lán ê島嶼
伊用性命來延續

Lán來種樹仔
Tī有pit巡ê故鄉
Lán ê心中
伊用性命hō阮力量

等一工lán若走
伊用性命將阮來湠
Lán ê靈魂化做樹枝

為囝孫遮風chia̍h雨
Lán ê肉體化做樹根
為囝孫守護土地

滿sì-kè ê樹林
是lán送hō͘囝孫上súi ê一幅圖

◆ 註：李敏勇 kap 林生祥 lóng 有寫過種樹仔 ê 歌詩。

我是一欉千年ê hi-nó͘-khih

我是一欉千年ê hi-nó͘-khih
是經過偌濟風雨ê考驗
Chiah有今仔日
M̄管雷公sih-nah
M̄管天崩地lih
磨練　折磨
無法度tín動著我
風颱挽bē倒
地動e bē倒

我是一欉千年ê hi-nó͘-khih
是火燒了後puh--出-來ê新í^{n}
經過輪迴　重生
愈健壯　愈意志堅強
我m̄驚百年、千年
M̄驚　孤獨
我ê根早就沓沓仔sì-kè湠

是你
迷戀我身軀ê芳
Siàu想千年修行ê結果
一枝斧頭
七七四十九刀
一枝鋸仔
七七四十九鋸
溢--出-來ê芳味是我溫柔ê控訴
Soah顛倒hō͘你心愈醉愈茫
結束我、拆散我kap土地ê親密關係

我是一欉千年ê hi-nó͘-khih
今仔日　結束tī chia

生 tī 城市 ê 樹仔

無法度喘 khùi
四周圍 hō͘ 紅毛塗關 --leh
無法度傳宗接代
塗頂 koân 是 ngē-khok-khok　無講情理 ê khōng-ku-lí
血管早就 tī 你強逼阮搬厝時切掉吸收養份 ê 路
用一跤布袋仔當做紗布止血

新厝 ê 所在　無 kah 意　mā 不得已
M̄ 是阮 ē-sái 決定
就清彩挖一个空埋 -- 落

親像醫生開刀 kā 鉸刀 bē 記得提 -- 出 - 來仝款
血管無法度來伸勻發展
你送我三枝拐仔
Beh tī 大風大雨 ê 暗暝，為你徛 tī 你頭前

無血色 ê 身體沓沓仔 àu 臭
狗蟻搶 beh khè 我 ê 骨肉

你無要無緊
你有時大主大意　替我剃頭
掠準講　án-ne khah飄撇
期限已經夠--ah

M̄-thang來ǹg望我ê影跡為你遮日
M̄-thang來ǹg望我ê血管為你擋tiâu兇狂ê塗石
M̄-thang來ǹg望送hō͘你清芳ê空氣
M̄-thang來ǹg望hō͘你美麗ê景緻
你我ê交情到chia為止
……
我已經無法度喘khùi
我已經無法度傳宗接代
你是你，我是我……

茄苳

Hiah大ê田園
只有你一人孤孤單單
恬恬面對『麥德姆』ê thún踏
賰一肢手kā母親lám-tiâu--leh
另外一肢手早就hō砂石仔車kauh斷
你ê姊妹早就變成人ê新婦仔
你ê兄弟hō人掠去做奴才
放你tī chia親像公園內ê猴山仔
天公伯--à　kám知影你ê無奈
孤兒hit款ê無助

『麥德姆』　大聲kā你笑
致使你放手kap伊拚盤
啊　你倒--ah
通台灣lóng知影『金城武』倒--ah
M̄知影你ê本名是茄苳
淹sì-kè ê雨水
Kám是你ê目屎、你ê控訴

控訴你應當有ê生存權力
Kap為你家己來正名

◆ 註：『麥德姆』（*Typhoon Matmo*），風颱名。

目睭金金

目睭金金　看怪手kā阮ê血管
一條一條切斷
你經過　無講一句話
你ê眼神$ká^{n}$-ná有淡薄仔悲傷
M̄-koh chiok緊越頭就走
凡勢你無kah意欣賞che刑事現場
凡勢對你來講是chiok平常ê代誌
鳥仔替阮叫出無聲ê疼
你踏阮飄--落-來ê葉仔肉
踏--一-下　阮ê心hō͘針ui--一-下

秋風　可憐--阮
Kā阮ê葉仔肉　pun hō͘ sì-kè
Mā將哀愁　來放送
Ǹg望有人ē-tàng感受　解救
啥人同情　啥人願意伸手

目睭金金　看吊車kā阮吊tī半空中

根脫離倚靠ê土地
你經過　無講一句話
你ê眼神ká^{n}-ná leh嫌阮鎮tè
你ê喙角ká^{n}-ná有小可仔翹koân
你無離開
親像你已經等待一tak久仔
親像看一齣現場ê *LIVE SHOW*
阮也已經覺悟

是犯著啥mih罪
Tio̍h-ài受che酷刑？
阮ê哀愁
Kám講秋風無替阮送到？
無情ê城市　無情ê人--啊

樹仔子

過去
風來ê時
跳一支舞
歡頭喜面　搖枝hiù芳

Siáng知
城市ê人soah驚是妖魔作怪
Kā你剃頭
Hō你知影見笑
Tī日頭ê折磨　沓沓仔曝ta死亡
甚至bē赴來kā你好好仔khioh骨

你tī iáu未倒進前
用目屎掖你ê子
Soah
散落tī無情ê紅毛塗
揣無in ê歸屬

我
Peh開胸khám
將你ê子　埋入我ê心

葉仔

Tī秋風siàu想送走每一片葉仔時
每一片早lóng hō͘我寫滿⋯⋯

聽著葉仔跋--落-來ê聲
Ná千萬斤重
Che絕對m̄是物理自然科目ē-tàng解soeh
是阮偷偷仔beh kā你講ê話
刻tī頂koân
Kám講葉仔感受我ê沉重
無法度來承受
原諒--我
熱情ê風mā無法度接你tī半空中自由飛
我mā kan-ta^{n}目睭金金看你無hoah聲ê包容

每一片葉仔
留tī街仔路據在人thún踏
葉仔　請原諒我ê自私

葉仔心

捽落塗跤ê葉仔
已經盡責任
Hō͘人糟蹋、放sak
M̄知kám ē疼
落塗是伊ê歸宿
該是歡喜chiah tio̍h

流浪ê葉仔
已經盡責任
就親像翼股
隨風飛　環遊世界
Chit-má放伊自由飛
該是歡喜chiah tio̍h

葉仔
終其尾　bē tiâu枝
葉仔其實就是人ê心--啊

城市樹

樹仔ê魂魄tī城市頂拍箍sėh
Háu-chhan有魂無體
跤手筋破相ê體
已經關tī好額人ê家
In用錢會失禮
Soah無發現烏雲愈來愈濟

樹葉仔

Ta-lian ê葉仔掖規塗跤
Chiâ^{n}做大自然ê地毯
請用你軟勢ê舞步kap輕柔ê節奏
行踏
沓沓仔聽
伊ê心聲

揣無蜜ê蜂

一時仔徛--leh　一時仔ku--leh　看lín無閒
Tī花栽內chông來chông去
Soah bē輸有法度感受lín ê無奈
一冬比一冬拍拚
親像看見lín ê目屎
吐khùi ùi我ê面chhîⁿ--過-來

是七里芳ê拐弄iah是姑不將
七里是ài飛偌久？
為著一口灶無走bē用--得

暗頭仔　天烏--ah　lín kám bē忝？
提早下班ê我soah面紅感覺歹勢
平平是趁食顧家　我ē-tàng體會lín ê心chiâⁿ
Kám beh信？
我m̄是lín頭家soah斷你後路
大樹失去記持
花草hông逼lim絕命水

Lín無聲無句恬恬繼續無閒

薄lih-sih ê翼股拚勢iát　走揣出路
Soah sàm ùi我ê面　疼入我ê心
頭殼雄雄想起厝內hit罐蜜

◆ 註：橋仔頭火車站見一隻揣無路通tńg ê蜂。

樹仔詩，樹仔ê死

寫詩一首掛tī樹oe
規欉有lán ê思念
Lán ê ǹg望
風leh替lán唸
送去lán想beh kā講ê人
送去lán人無法度到ê所在
詩chōa愈寫愈長
樹oe愈伸愈koân
愈來愈濟人聽見
Lán ê心聲

有一工
樹仔一欉一欉倒
有人怨嘆是詩ê重量kā硩--死
我看是有人驚hiâⁿ樹仔ê根去hông掀--開
He藏tī塗跤ê金銀財寶
M̄願接受詩是mā有批評--ê
甘願接受日頭ê赤iāⁿ-iāⁿ ê折磨

徛tī一欉無頭死體下跤
細細枝仔ê幼枝樹oe拚勢leh喘
我m̄甘kā詩掛tī伊ê頷頸
風吹--過-來
我輕輕kā詩唸hō͘聽

◆ 註：阮某in爸koh beh剉樹仔，無才調擋！

玫瑰

(1)

是 siáng ê 血 $chhiâ^n$ 養你 ê súi
妖嬌 ê 蕊
無細膩害阮心碎
尖 le-le ê 刺
Suh kah 流血流滴
Kám 是你 ê 祕密

(2)

夭壽 --啊，將阮 ê 血 kiōng-beh 逼 -- 出 - 來
溫馴 ê 血管無你刺 giâ-giâ ê 橫霸
心肝 chhiak-chhiak-tiô 是 leh 歡喜啥？

紅菜頭活命筆錄

一喙一喙khè
脆脆有淡薄仔塗味
免ke費工koh切
Siàu想按怎料理iah是beh炕湯
生活簡單　一切lóng簡單
切--落-來ê頭chat仔chiah留--落-來
好thang欣賞性命ê接sòa湠--落-去
看súi mā心適
做一个細ê花坩仔
生活ke寡哲學

刺桐樹跤

刺桐樹跤，無意春風se̍h門埕，無看你ê影，紅花soah來háu出聲。

Hia厝鳥仔囝，目睭金金leh等食，直直叫kah心chiâⁿ疼，siáⁿ人願意kā阮聽。

思念無情人，一冬koh一冬，m̄知按怎放，阮知落尾也是空。

田園路邊，gōng-gōng等你到三更，約束來saⁿ見，為何無來團圓。

Hia厝鳥仔囝，早就無leh看，放阮一人伴孤單，一路行到大海岸。

啊，思念無情人，一冬koh一冬，該放就ài放，khah緊拍破he眠夢。

插枝

聽講我送你ê玫瑰
你kā伊插枝
今年寒--人
玫瑰拍m̂ chiâ^{n} súi
Chiâ^{n}做一phiàn花海
隨風幌來幌去
親像我離別ê形影
親像tiâu tī喙角講bē出喙ê話
沓沓仔kā你目箍
Tò紅　直直淚
你soah sėh bē出--去
Tī我ê愛情園--裡揣無出口
玫瑰ê刺
一枝一枝射ǹg你
血流血滴
紅koh-khah紅
無ta-ôa ê我
姑不而將出手

將hia玫瑰一枝一枝
At-chih
Hō͘伊變成一phiàn黃ho̍h-ho̍h ê肥塗
Koh變成空
Koh重新等待……插枝

◆ 註：拄好看著一枝hō͘人hìⁿ-sak ê玫瑰，khioh轉來想beh插枝，拄好讀著一篇故事，mā拄好趁有時間緊寫--落-來。

Koh死一欉鳳凰樹

Koh死一欉鳳凰樹
聽講你是chit个城市上chhia^{n}-iā^{n} ê紅
無張持tī上班ê路--裡看--著
我bat看見上súi ê時

我tī辦公室坐禪　學習入定
開會ê哲學是點tuh lán存在是有因端
Mā thang pun-phe^{n}責任
Che是頭--ê ê教示
伊目屎流--落-來
啼哭in厝內ê代誌
伊是好老爸……請我體諒
我kan-ta^{n}繼續
欺騙家己ê尊嚴
等待後一擺hō͘伊罵
我雄雄koh看著hit欉鳳凰樹
開花ê時紅死無人
心內siàu想年冬賞金mā是sio-siāng

天烏烏　真艱苦
阿爸趁 khơ-khơ……
天烏烏　無人顧
Chit 首囡仔歌暗頭仔 chiah 放來聽
先 kā 阿爸 ê 愛 lóng 載起去雲 -- 裡
5G ê 速度 thang 好掠 -- 落 - 來
我 án-ne 交代 lín 阿母

我 --leh　我有屬於我 ê 歌謠
有淡薄仔倒韻
He 是一首未完成 ê 青春調
「囡仔，歹勢
阿爸有 khang-khòe ài 做
產品品質出大問題
你 ê 未來 koh 小等 -- 一 - 下
公司 ê 產品 kiōng-kiōng beh tī 市場落架」

你 ài 知
食到 chit 个坎站想 --ê lóng 比做 --ê khah 濟
Tńg-- 來 --ah　m̄ 敢吵你 ê 眠
拍開手機仔連去公司 ê 電腦

Soah看見鎖tī hia ê靈魂
人生kan-ta^{n}賭一字——虛

Tio̍h，你若醒
阿爸擠好ê目屎hō͘你suh
Hō͘你先慣勢人生ê鹹味
以後chiah thang kah人比phēng

天烏烏　真艱苦
阿爸趁khơ-khơ……
你ná睏ná hai^{n} chit首歌
我koh看見hit欉ta--去ê鳳凰樹
Chiâ^{n} súi　心chiâ^{n}冷
天光　我無醒……

烏玫瑰

是我想bē開　chiah thang陷tī愛情ê是非
分開ê週年　iáu tī心內留你ê空位
你送ê玫瑰　iáu-koh ē開蕊
你送ê手指　iáu tī阮身邊
為何你無看--見　賭阮孤人斷相思

講愛是無理　chiah thang墜落情愛ê陷阱
分開ê週年　iáu leh計算你我ê婚期
做伙ê日子　已經變慣勢
難忘ê記持　soah hoah beh走味
為何你無聽--見　賭阮孤人珠淚滴

無人ê海墘　海風伴我吐khùi
頭頂ê天星　bē記得來閃爍
是我m̄願醒　是我刁故意
M̄甘願承認你得著愛情ê勝利

無人ê海墘　海湧洗我心悲

孤人ê tak纏　害我beh無khùi絲
是我m̄願醒　是我想bē開
假影m̄知影你得著愛ê勝利

你送ê玫瑰　iáu-koh ē開蕊
愈開愈súi　he是變種ê烏玫瑰

◆ 註：悼Cammy Ng，一位香港查某囡仔，伊來台灣，朋友請我chhōa伊chhit-thô。第一擺kah我見面（2011/1），就kā我tháu心事，lán人mā kā伊tàu開破，siáng知伊tńg去香港了後，就燒火炭自殺。我知ê時，已經是三個月後。雄雄，想起chit个人，che thang講是伊ê心情（？）。

薄荷口味ê薰草

時間ê eng-ia kā 記持ê光 khàm-tiâu
Tng-leh ná 看ùi窗仔外ê景緻ná tuh-ku
雄雄m̄知tang時寄付ê思念
Tòe一chūn áu 蠻ê西北雨chhîⁿ倚
我bē赴遮chah
心肝沃kah tâm-lok-lok
認bē出你ê面模仔
遠遠ê話句攬lām雨聲
小可生冷小可寂寞
M̄知度過幾个熱--人
Lán ê話tòe leh退色
看無--ê是一下仔烏、一下仔白
M̄知影是真iah是一場夢
無講再會mā bē赴講
賭虛微ê雨聲、phōng-phōng-eng ê戀夢
四箍圍仔無攬無ne ê景緻沓沓仔精神
趕緊揣hit包薄荷口味ê薰草
捲捲--leh koh再kā心肝頭lân-san ê掛礙吐--出-來

苦楝子

華彩ê苦楝子hùn闊天ê心情
Kā舊年厚tut-tut ê鬱水透薄
洗thōa清氣ê雲尪--啊
講時間目nih ē chhiâ^{n}養一个人ê大漢
凡若　m̄驚苦！

Tòe 花 ê 跤步

出門　規塗跤 ê 斑芝花掖 kah 規 sì-kè
記持內甜 but-but ê 芳味 lóng khioh--tńg-來
我無 bē 記--得
你發現路邊 hia 幾欉仔金露花
Kā 鼻 iáu 有寡優雅
Bē 輸 hoan 咐 m̄-thang bē 記得伊 ê 存在
幾隻蜂拚勢採集
Chiah-koh 智覺 tī 城市討趁 ê 哀愁

行 khah 緊--leh　hoȧh khah 大步--leh
今年 ê 苦楝仔花期小可無 tùi-tâng
有 ê 開了了樹枝賰一 kōa^{n} 一 kōa^{n} ê 子
有 ê chiah 拄 beh 開花
無定著是舊年講好--ê
Hō͘ 我分 bē 清 lán 頂一擺來 ê 時是 tang 時

行 khah 緊--leh，hoȧh khah 大步--leh
抽真 koân ê 南洋杉 kám 有人致意

幾欉仔攑兩、三枝拐仔ê羊蹄甲
害in自卑　花li-li-lak-lak仔開
我m̄敢看　kan-ta^{n}大步行

Tio̍h　tú-chiah無斟酌著粉紅仔風鈴木開了--ah
認花無認葉！千萬mài koh講我查埔人沙文
看無你上愛ê一味
換黃花仔tī 3月初bē têng-tâ^n--得
小停--一-下等記持tòe--起-來
想著你講風無攬無ne leh吹是伊ê自由
我chiah無細膩聽著時間ê交替
Kā你ê笑容tò͘ kah霧霧

Koh行--落-去是小欖仁葉
上súi--ê是日頭照--落-來ê光影
Kā做伙行--過ê跤跡hú hō͘掉
Bē記得無偌久進前甜but-but ê春天
Koh行　雄雄落微微仔雨……我無紮傘

開花日記

過去，有偌濟人笑--你
笑你gōng　笑你khong
暗記tī日記內ê心願
沓沓仔隨歲月發黃
總--是　筆跡深刻tī心
總--是　筆墨tò入血

現在　猶原有人笑--你
笑你痟　笑你痴
日記一頁koh一頁記載心路變化
一步一步行ǹg心ê方向
總--是　願無滅
總--是　熱情ê火猶原chiâⁿ 炎

未來　不管繼續有人笑
笑你顛　笑你鈍
新ê日記猶原恬恬聽你講
為你寫　一直到故事ê結局

總--是　人老心bē老
總--是　初心猶原

有一日　tńg去掀hō蠹魚蛀食ê日記
Jiâu-phé-phé ê字　就算化做hu
Iáu是ē-sái感受伊ê溫度
Iáu是ē-sái刺激讀--伊ê人
別人ê閒話看無目地kan-ta^{n}是sak lán向前ê風
掖種、puh-í^{n}、旋藤、開花
當初hē ê子　如今chiâ^{n}做siâ^{n}人ê芳

流浪ê田榳花

Koh是田榳花流浪ê季節
地圖
Thián開beh揣安心ê所在
Soah hām pha荒ê故鄉mā無tè看
Ta-lian ê筆已經m̄知按怎hoah哀愁
Tī黃昏走色ê故鄉
已經放棄kap時間對抗

暗暝讀詩解心悶
偷偷仔挽幾chōa詩句
囥tī胸坎發酵
鎖tī屜仔內ê記持湠出一chūn koh一chūn ê臭phú味
鼻kah靈魂沓沓仔浮漂
Tòe田榳花流浪$ia\bar{}^{n}$-$i\bar{a}^{n}$飛
Lán bat討論季節交替ê時
Beh按怎妝$th\bar{a}^{n}$心情ê殼
總--是　pì-sù ê腔口
咒誓變做是落人喙脣皮ê笑詼

總--是　生銑ê聲帶
無細膩chiâⁿ做反背ê干證

Siàu想tī夢--裡偷偷仔建構故鄉ê意象
Soah hō͘ ta̍p-ta̍p滴ê落雨聲吵精神
跋落故鄉ê金斗
差一點仔接受存在主義ê招安
無眼耳鼻舌身意　無色聲香味觸法
無故鄉mā無我
繼續流浪到有隔界ê時
田椪花iāⁿ-iāⁿ飛
我ê心iáu留tī原來ê所在

起風

日頭淡薄仔 pì-sù
笑 kah 淡薄仔 hip
我招伊做伙祈禱
烏雲緊 tòe 南風去
今仔日 lán koh 再是無仝款 ê 一工

風無細膩 kā 日記掀倒 tńg
我看著生份 ê 我
我 koh 偷偷仔祈禱
E^{n}h　m̄-thang khàng 我鬱 àu ê 空喙

葉仔離枝時 ê háu 聲 tín 動著我
看著 tī 半天浮漂 ê 伊躊躇到底 beh 落塗 --無？
Che hō͘ 我想起我 tiā^{n}-tiā^{n} 想像家己是一欉菩提
Tng-leh 學習揣著 khah sù-sī ê thián-phơh
有偌濟人 bat 斟酌時間 ê 鹹 chiá^{n}
等伊 kā 頭毛 tò͘ kah 全白
等伊 kā 面雕幾若巡 jiâu 痕

想bē到　越一下頭就老--ah
黃昏時徛tī路--裡
日頭ê chhoa̍h射燒lō仔燒lō
看著家己夢想ê影
Bē赴giâu疑佗位chiah是beh去ê方向
就隨起風……畏寒

Pōng心菜頭

關tī房間
Hia有一扇門
M̄知ē-tàng佗位去
M̄知nā行--出-去
Kám ē-sái回頭？
Tńg來chia恬靜ê世界

無人來指示
阮心內真giâu疑
門kám是你為我來開
我手頭無鎖匙

Tī門前se̍h來se̍h去
直到跤頭無力chih載
Kan-ta^{n} 對kha̍h鉎ê鎖頭
講一聲無奈

春天ê空縫

入塗無深怎釘根，大風nā吹斷半身
拋荒園裡ê刺桐，今年bē koh紅
無花也無芳，siá^{n}人hō͘ lán ǹg望
無情人，mài來弄

已經過了hiah 濟冬，運命猶原也相仝
M̄-thang koh再做gōng工，坎坷過去lóng總放
等待春天ê空縫，puh-í^{n}發芽變大欉

寫作kap發表記錄

編號	詩名	寫作日期、發表刊物
輯一｜來去旅行		
1	旅行地圖	2015/11/17 寫。《台灣文藝》第六期；《臺南青少年文學讀本：臺語詩卷》，2018/7 出版。
2	旅行者	2016/9/16 寫。
3	城市bāng	2015/11/16 寫。
4	光批	2015/12/2 寫。
5	母親是山	2014/7/1 寫。《台灣教會公報》第 3307 期。
6	一入山林，m̄知人間	2014/4/30 寫。
7	凡間	2014/11/11 寫。
8	行山	2014/8/10 寫。
9	揣路	2014/8/13 寫。
10	空思夢想	2014/8/15 寫。《台文戰線》第 38 期。
11	夢	2014/8/16 寫。《台灣教會公報》第 3709 期。
12	原鄉	2014/8/17 寫。

編號	詩名	寫作日期、發表刊物
13	蜘蛛人	2014/8/21寫。《台文通訊BONG報》第281期。
14	北斗星	2014/8/31 寫。《海翁台語文學》第 215 期。
15	火燒ê暗眠之一	2014/9/30 寫。
16	火燒ê影	2014/10/1 寫。
17	Chiō^{n}山	2015/10/22 寫。
18	Koh行--lah	2015/12/28 寫。《台灣教會公報》第 3550 期。
19	山野情	2017/3/3 寫。
20	落雨	2015/3/23 寫；3/24 修。
21	房間內ê旅行	2015/4/3 寫。
22	鎖匙khian仔	2015/4/26 寫。
23	Lim咖啡，茶米茶 iah是白滾水	2015/5/15 寫。
24	食肉燥飯就好--ah ！	2015/5/31 寫。
25	落	2015/7/22 寫。
26	過中晝ê一chūn 西北雨	2022/6/5 寫。《掌門詩刊》第 82 集。
27	異鄉ê雨	2016/5/5 寫。

編號	詩名	寫作日期、發表刊物
28	渡鳥	2015/9/28 寫。
29	大海	2014/11/3 寫。
30	戀戀大海	2014/11/4 寫。
31	桐花雪	2016/5/5 寫。
32	雨聲	2015/4/21 寫。
33	落雨	2018/5/9-10 寫。
34	Khau	2016/9/14 寫。
35	螺絲	2021/11/16 寫。
36	刺疫	2022/8/12 寫。
37	6 點 47 分保安 ǹg 南	2022/9/6 寫。
38	Eng-ia	2022/4/18 寫。《人間魚詩生活誌》Vol.11。
39	南方落雪	2022/4/25 寫。《人間魚詩生活誌》Vol.11。
40	記持迷宮	2022/5/20 寫。
41	攬免錢--ê（*Free Hug*）	2017/1/30 寫。
42	無落雨 ê 日子	2019/4/21 寫。
43	原子世界	2018/12/14 寫。《吹鼓吹詩論壇》第 36 號。

編號	詩名	寫作日期、發表刊物
44	透早祈禱文	2017/12/17 寫。《台灣教會公報》第 3440 期。
45	我是一粒堅凍ê露水	2018/5/7 寫。
46	因為我信祢ē得過	2019/2/28 寫。《台灣教會公報》第 3530 期。
47	褪赤跤行tī沙埔	2019/5/28-29 寫。《台灣教會公報》第 3531 期。
48	我tī火車頂睏過頭	2019/6/29 寫。《台文戰線》第 56 期。
49	時間偷偷仔趖--過	2019/9/19 寫。《台客詩刊》第 37 期。
50	今仔日仝款精彩	2021/6/29 寫。
51	坐tī咖啡廳外口ê椅仔	2019/5/16-20 寫。《台文戰線》第 55 期。
52	我思念hit chūn雨	2019/3/17 寫。《臺江臺語文學》第 30 期。
53	無你ê雨季	2019/4/1-2 寫。《臺江臺語文學》第 30 期。
54	Phá-su-tah ê煮法	2017/7/22-23 寫。《台客詩刊》第 37 期。
55	流浪	2015/8/28 寫。
56	Bâ霧光iáu未臨到ê時	2017/12/19 寫。《台灣教會公報》第 3481 期。

輯二｜Lóng是阮leh烏白想

1	海墘亂想	2014/2/9 寫。《台文通訊BONG報》第 254 期。
2	海鳥行船	2014/2/18 寫。《台文通訊BONG報》第 259 期。

編號	詩名	寫作日期、發表刊物
3	月娘	2014/6/24 寫。
4	柑仔色ê日頭	2014/6/20 寫。《台文通訊BONG報》第 268 期。
5	日頭	2014/9/21 寫。《台灣教會公報》第 3319 期。
6	黃昏	2014/7/15 寫。《海翁台語文學》第 157 期。
7	三更半暝	2014/1/17 寫。
8	失眠者	2014/6/30 寫。
9	陷眠	2014/7/27 寫。
10	流星	2014/4/16 寫。
11	蟳仔	2014/7/18 寫。
12	討海人	2014/2/25 寫。
13	細本--ê	2015/2/20 寫。
14	無看見	2015/3/29 寫。
15	青春遺書（ûi-chu）	2015/5/13 寫。
16	巢窟論談	2015/11/28 寫。
17	冊ê孤單	2015/2/16 寫。
18	夜星	2015/11/27 寫。《海翁台語文學》第 219 期。

編號	詩名	寫作日期、發表刊物
19	薰	2015/10/16 寫。
20	健康檢查	2016/3/24 寫。
21	暗時記事	2014/10/8-11/1 寫。《臺江臺語文學》第 13 期。
22	讀詩（一）	2016/9/9 寫。
23	讀詩（二）	2020/12/30 寫。
24	詩心	2016/9/9 寫。
25	詩人？	2016/9/11 寫。
26	Tang時仔寫詩	2020/12/30 寫。
27	敗市ê詩集	2018/1/29 寫。《台文戰線》第 61 期。
28	Khioh字	2021/12/31 寫。《人間魚月電子詩報》第 32 期。
29	退稿	2022/4/26 寫。《台文戰線》第 69 期。
30	失眠前ê速寫	2022/5/16 寫。《台客詩刊》第 36 期；《台文戰線》第 69 期。
31	有關詩	2022/5/23 寫。《台客詩刊》第 36 期。
32	寫詩是一種咒讖	2022/6/19 寫。《台文戰線》第 69 期。
33	詩人ê靈感來源	2022/7/10 寫。《海翁台語文學》第 262 期。
34	半暝書寫有感	2022/7/28 寫。《台文戰線》第 74 期。

編號	詩名	寫作日期、發表刊物
35	詩 m̄ 是熱人 ê 枝仔冰	2023/7/11 寫。《台客詩刊》第 36 期。
36	雜種仔詩	2017/2/13 寫。
37	菜市仔 bu-là-jià má-tơh	2019/3/7 寫。
38	早就 bē 記 --得	2021/11/14 寫。《掌門詩刊》第 81 集。
39	愛睏神	2022/2/13 寫。
40	食 bē 落飯	2022/4/28 寫。
41	查埔貓仔	2022/4/29 寫。《台客詩刊》第 31 期。
42	我無講	2022/6/24 寫。《台客詩刊》第 32 期。
43	虛無	2022/2/6 寫。
44	□□	2022/6/28 寫。
45	骨	2022/7/5 寫；7/12-13、19 號補。
46	夢著一首詩	2018/1/26 寫。
47	心事	2022/7/22 寫。《台客詩刊》第 38 期。
48	隔離	2022/5/29-6/1 寫。《台客詩刊》第 38 期。
49	記持倒退 lu	2016/8/22-23 寫。《台文戰線》第 45 期。

編號	詩名	寫作日期、發表刊物
50	半暝夜光	2016/7/4 寫。《台文戰線》第 54 期；《海翁台語文學》第 212 期。
51	知影	2017/2/7-11 寫。《台灣教會公報》第 3407 期。
52	留話	2017/1/24 寫。《台文戰線》第 45 期。
53	認罪	2017/3/8 寫；5/19 修。《台灣教會公報》第 3423 期。
54	禁	2017/1/21-23 寫。《台文筆會年刊》第 6 集。
55	宿題	2017/11/26-27 寫。《台文筆會年刊》第 5 集。
56	Hơ時間通緝	2017/10/8 寫。《臺江臺語文學》第 34 期。
57	Tī夢裡坐清	2021/6/11-12 寫。
58	空白ê紙	2015/9/14 寫。
59	落筆	2014/2/15 寫；2015/2/20 修。
60	靠岸	2015/6/7 寫；6/8 修。《海翁台語文學》第 197 期。
61	天堂ê面腔	2021/11/24 寫。《人間魚電子詩報》第 31 期。
62	Hit暗無睏等待bâ霧光	2019/1/25 寫。

編號	詩名	寫作日期、發表刊物
輯三｜花草情		
1	見笑草vs.玫瑰	2014/7/3 寫。
2	見笑草	2016/5/10 寫。
3	燈仔花	2014/2/12 寫。
4	花謝	2023/8/25 寫。《掌門詩刊》第 86 集。
5	Chhiah查某	2014/9/8 寫。《海翁台語文學》第 178 期。
6	葉仔心	2014/5/14 寫。
7	壁角ê日日春	2014/10/6 寫。《台灣教會公報》3294 期。
8	番仔藤（hoan-á-tîn）	2014/7/4 寫。
9	過手芳	2015/3/14 寫。《海翁台語文學》第 174 期；《臺江臺語文學》第 24 期。
10	班芝花	2015/4/19 寫。《海翁台語文學》第 174 期。
11	苦楝仔（khó͘-lēng-á）是偌苦？	2015/3/26 寫。《海翁台語文學》175 期。
12	桃花心木	2015/4/21 寫。《海翁台語文學》 216 期。
13	黃金雨——A-pé-lah	2015/5/21 寫。《台灣教會公報》第 3351 期。
14	清芳	2015/9/22 寫。

編號	詩名	寫作日期、發表刊物
15	小草仔也開花	2015/12/23 寫。《海翁台語文學》第 208 期。
16	蕨貓	2015/1/14 寫。
17	玫瑰，愛 ê 寄生仔	2016/6/11 寫。
18	玫瑰花	2016/7/18-19 寫。
19	無照時 ê 花期	2016/8/28-29 寫。《海翁台語文學》第 207 期。
20	石縫草	2016/8/28 寫。
21	葉仔路	2016/10/29 寫。
22	小金英 ê 話語	2017/3/31 寫。
23	刺球草	2017/9/4 寫。《海翁台語文學》第 192 期。
24	兔仔草	2019/1/23 寫。
25	無人致意 ê 下晡	2020/9/28-29 寫；10/10 修。
26	Lán 來種樹仔	2014/1/3 寫。《海翁台語文學》第 147 期。
27	我是一欉千年 ê hi-nó-khih	2014/4/8 寫。《海翁台語文學》第 150 期。
28	生 tī 城市 ê 樹仔	2014/7/26 寫。《臺江臺語文學》第 16 期。
29	茄苳	2014/7/23 寫。《台文通訊BONG報》第 227 期。
30	目睭金金	2014/5/23 寫。《海翁台語文學》第 154 期。

編號	詩名	寫作日期、發表刊物
31	樹仔子	2014/8/6 寫。《台灣教會公報》3264 期。
32	葉仔	2014/8/23 寫。《台文通訊BONG報》第 282 期。
33	葉仔心	2014/2/1 寫。《台文通訊BONG報》第 246 期。
34	城市樹	2014/11/23 寫。
35	樹葉仔	2016/9/14 寫。
36	揣無蜜 ê 蜂	2015/7/16 寫。
37	樹仔詩，樹仔 ê 死	2015/9/6 寫。
38	玫瑰	2015/5/18、6/2 寫。
39	紅菜頭活命筆錄	2016/10/28 寫。
40	刺桐樹跤	2016/3/31 寫。
41	插枝	2016/8/10 寫。
42	Koh 死一欉鳳凰樹	2018/5/23 寫。
43	烏玫瑰	2018/8/2 寫。《台文戰線》第 52 集。
44	薄荷口味 ê 薰草	2020/9/12-14 寫。
45	苦楝子	2022/1/2 寫。
46	Tòe 花 ê 跤步	2020/3/5-6 寫。

編號	詩名	寫作日期、發表刊物
47	開花日記	2016/3/25 寫。金車文學獎落選。
48	流浪ê田椪花	2018/3/12 寫。《吹鼓吹詩論壇》第 33 號。
49	起風	2018/3/26 寫。
50	Pōng心菜頭	2016/3/10 寫。
51	春天ê空縫	2015/9/3 寫。《台灣教會公報》第 3344 期。

國家圖書館出版品預行編目 (CIP) 資料

Lóng 是阮 leh 烏白想 / 杜信龍著 . -- 初版 . --
臺北市 : 前衛出版社 , 2025.07
288 面 ; 21×15 公分
內容為臺語

ISBN 978-626-7727-10-2（平裝）

863.51 114007254

Lóng 是阮 leh
烏白想

作　　者　杜信龍
責任編輯　鄭清鴻
封面設計　張　巖
美術編輯　李偉涵
校　　對　賴昭男

出 版 者　前衛出版社
地址：104056 台北市中山區農安街 153 號 4 樓之 3
電話：02-25865708 ｜傳眞：02-25863758
郵撥帳號：05625551
購書・業務信箱：a4791@ms15.hinet.net
投稿・代理信箱：avanguardbook@gmail.com
官方網站：http://www.avanguard.com.tw
出版總監　林文欽
法律顧問　陽光百合律師事務所
總 經 銷　紅螞蟻圖書有限公司
地址：114066 台北市內湖區舊宗路二段 121 巷 19 號
電話：02-27953656 ｜傳眞：02-27954100

出版補助　國｜藝｜會 NCAF

出版日期　2025 年 7 月初版一刷
定　　價　新台幣 380 元
I S B N　978-626-7727-10-2（平裝）
E-ISBN　978-626-7727-09-6（PDF）
978-626-7727-08-9（EPUB）